BARBARE

PENELOPE SKY

HARTWICK PUBLISHING

Hartwick Publishing

Barbare

© 2023, Penelope Sky

Tous droits réservés

Aucune partie de ce livre ne peut être reproduite sous quelque forme ou par quelque moyen électronique ou mécanique que ce soit, y compris le stockage et la récupération de l'information, sans la permission écrite de l'éditeur ou de l'auteur, à l'exception de l'utilisation de brèves citations dans le contexte d'une critique de livre.

TABLE DES MATIÈRES

1. Bartholomé — 1
2. Laura — 7
3. Bartholomé — 17
4. Laura — 25
5. Bartholomé — 39
6. Laura — 49
7. Bartholomé — 55
8. Laura — 67
9. Bartholomé — 73
10. Laura — 77
11. Bartholomé — 95
12. Laura — 109
13. Bartholomé — 129
14. Laura — 135
15. Bartholomé — 161
16. Laura — 173
17. Bartholomé — 195
18. Laura — 209
19. Bartholomé — 219
20. Laura — 237
21. Bartholomé — 255
22. Laura — 265
23. Bartholomé — 277
24. Laura — 287
25. Bartholomé — 295
26. Bartholomé — 325
27. Laura — 335
28. Bartholomé — 359

29. Laura	367
30. Laura	375
Épilogue	393

1

BARTHOLOMÉ

J'étais assis dans la salle d'attente, le bras enveloppé dans un pansement de gaze serré. Ma veste ayant été bousillée par le sang, je l'avais fourrée dans une poubelle après m'être assuré que Laura était entre les mains des médecins. La télé dans un coin de la salle diffusait les infos H24, un couple âgé dans le coin opposé me jetait des coups d'œil méfiants de temps en temps — comme s'ils pensaient que je n'augurais rien de bon.

Ils avaient raison.

Blue entra dans la salle et s'approcha lentement de moi.

Je n'étais pas d'humeur à faire la causette, mais je ne pouvais pas ignorer mes responsabilités.

– On a perdu combien d'hommes ?

– Deux.

– Qui ?

Blue s'assit à côté de moi.

– John et Hector.

Ça aurait pu être pire, mais c'était quand même un coup dur.

– Et combien ils en ont perdu ?

– Beaucoup.

– Leonardo ?

– Il a survécu. Je crois qu'une balle lui a frôlé la jambe.

Salopard.

Blue mata mon bras, mais ne me demanda pas si j'allais bien.

– Quels sont tes ordres ?

Pour la première fois de ma vie, je n'en avais pas.

– On doit se venger, insista-t-il.

Je ne pouvais pas. On avait conclu un marché — et j'étais un homme de parole.

– On ne va pas se venger.

Blue se tourna vers moi.

– Ils ont ouvert le feu quand on est partis.

– Il n'a jamais garanti notre sécurité.

Blue avait toujours suivi les ordres et obéi sans discuter. Mais pas aujourd'hui.

– On ne peut pas le laisser s'en tirer comme...

– Blue, le coupai-je.

La tête posée sur le mur derrière moi, je me tournai légèrement vers lui.

– Tu crois que j'ai quelque chose à cirer de la situation en ce moment ? Jusqu'à ce qu'elle sorte de la salle d'opération, je suis hors service.

Une lueur traversa le regard de Blue. On aurait dit qu'il voulait protester, mais il eut la sagesse de se taire.

– J'attendrai ton appel.

Sur ce, il sortit de la salle d'attente.

Le couple sortit aussi. Ils devaient avoir entendu notre conversation.

J'étais maintenant seul.

Quelques minutes plus tard, un visage familier se joignit à moi.

– Elle est où ?

Il balaya des yeux les rangées de chaises comme s'il la trouverait assise quelque part dans la salle. Il s'approcha de moi, l'air hagard, les vêtements propres ; il devait s'être douché et changé avant de débarquer ici.

– La femme à la réception a dit qu'ils l'avaient emmenée au bloc opératoire...

– C'est là qu'elle est. Au bloc opératoire.

Victor soupira profondément avant de se passer les doigts sur le visage.

– Elle va s'en sortir ?

– C'est une dure à cuire. Ça va aller.

– Le médecin l'a dit ? demanda-t-il optimiste.

– Je l'ai dit.

Il était debout près de ma chaise, toujours en panique, car je ne le rassurais pas.

– Elle a une hémorragie interne ? La balle a touché une artère ou un organe ?

– La chirurgie consiste à ôter la balle.

Il soupira de soulagement.

– D'accord... c'est une opération facile.

– Pourquoi t'es ici ? demandai-je.

– Pour Laura...

– Si tu tenais vraiment à elle, tu tuerais ce connard de Leonardo à mains nues.

Son visage blêmit d'un coup.

– J'y crois toujours pas...

– Comme tout le monde.

Leonardo l'avait gavée comme une truie, et n'avait dit à personne qu'il comptait l'envoyer à l'abattoir. Il ne pouvait pas courir le risque que quelqu'un en glisse un mot à Laura. Parce que si c'était arrivé, elle aurait pris le flingue de Victor et aurait tiré une balle entre les yeux de son père.

– Tu veux toujours bosser pour un homme comme ça ? On m'a déjà traité de fou, mais ce type est un vrai psychopathe. Il y a des limites qu'on ne franchit pas — et c'en était une.

– Je... je ne sais pas.

Je plissai les yeux.

– Tu ne sais pas ? répétai-je incrédule. On a violé ta femme et t'as rien foutu. Sept ans plus tard, ton patron lui tire une balle dans le bras, et encore une fois, tu fous que dalle.

– C'est compliqué...

– C'est pas compliqué du tout.

J'étais maintenant debout, parlant plus fort que la télé dans le coin, prêt à ouvrir mes points de suture en le tabassant pour qu'il se retrouve dans la salle d'opération à son tour. Je m'avançai et il recula, soutenant mon regard.

– T'as aucun droit d'être ici. Fous le camp.

– Je dois m'assurer qu'elle va bien...

– Fous. Le. Camp.

Je me précipitai vers lui, à un cheveu de l'empoigner par le cou et de lui écraser la tête contre le mur.

Comme la mauviette qu'il était, il déguerpit.

2

LAURA

Je revins lentement à moi. Au début, je crus que je rêvais. Puis des pensées se formèrent dans mon esprit. D'abord incohérentes, elles se précisèrent petit à petit et je me mis à recoller les souvenirs.

Comme celui d'avoir reçu une balle dans le bras... mon père m'avait tiré dessus.

J'ouvris les yeux et j'étouffai un cri de terreur.

Il était là, sa main sur la mienne, assis à mon chevet à croire qu'il y était depuis le début. Cheveux sombres. Yeux sombres. Son autorité silencieuse apaisa ma terreur alors qu'il passait le pouce sur ma main.

– Tu es à l'hôpital. Ils t'ont emmenée en salle d'opération pour extraire la balle dans ton bras. Le médecin a dit que tu allais t'en sortir.

Je regardai mon bras, remarquant qu'il était pansé et niché dans une écharpe. Je remuai les doigts et essayai de le lever, mais une douleur intense me traversa le corps, alors j'arrêtai.

– Tu vas devoir la porter pendant quelques jours.

– Je n'ai pas quelques jours à perdre.

– Tu as besoin de repos...

– Non. J'ai besoin de trouver un flingue et d'exploser la tronche de ce connard ! Maintenant, ôte-moi ce truc.

– Laura...

– Infirmière !

J'avais un cathéter fiché dans le bras et des tuyaux étaient reliés à mon corps. En gros, j'étais prisonnière de ce foutu lit.

– *Infirmière !*

– Laura.

Il se leva prestement et m'écrasa dans le matelas, me forçant à me recoucher.

– La vengeance peut attendre. Pour l'instant, tu as besoin de repos.

– Du repos, mon cul.

Il garda la main sur mon épaule, me retenant en place, son regard me sommant de ne pas le défier.

Maintenant que j'étais coincée ici sans personne à qui défoncer la tronche, je la sentais — la douleur atroce. L'effet des antalgiques devait s'être dissipé, et c'était sans doute pourquoi je m'étais réveillée. Je regardai mon bras de nouveau, me souvenant du moment où il m'avait tiré dessus, du sang qui avait immédiatement imprégné la manche de mon pull. Je me rappelais le métal froid contre mon cuir chevelu, le baiser du canon. Ma rage était tempérée par ma douleur — à la fois physique et psychique.

Bartholomé se rassit.

En le regardant, je réalisai que je n'étais pas la seule qui était blessée.

– Est-ce que ça va ?

– Je vais bien.

Il posa la cheville sur son genou et me fixa immobile, les yeux rougis comme s'il n'avait pas dormi depuis des jours.

– Une balle m'a frôlé. J'ai seulement quelques points de suture.

– Je suis désolée.

Ça avait dû arriver lorsqu'il m'avait portée jusqu'à la voiture.

– Ça faisait un bail qu'on ne m'avait pas tiré dessus. Je méritais bien une balle.

Son humour était plus noir que le charbon.

Je me tournai vers la fenêtre. Les stores en plastique étaient fermés, et la lumière du jour s'infiltrait par les petites fentes. Mon adrénaline et ma rage envolées, il ne me restait plus qu'un sentiment de vide intérieur. J'avais trahi la personne à mon chevet pour quelqu'un qui n'avait pas hésité à me tirer dessus. Dès que j'avais tout raconté à mon père, il avait concocté ce plan de A à Z.

– Il savait que je ne serais pas capable de te convaincre...

Il savait comment ça se terminerait. Moi à genoux — son flingue sur ma tempe. Et il m'aurait tiré dessus autant de fois qu'il l'aurait fallu pour obtenir ce qu'il voulait. J'aurais pu me vider de mon sang et crever. Il aurait pu toucher une artère. J'aurais pu être morte en ce moment — et il s'en fichait.

Mon propre père... se fichait que je meure.

Le lendemain, je fus autorisée à sortir de l'hôpital, le bras encore dans l'écharpe.

Bartholomé avait dû s'arranger avec Victor, car quelqu'un avait récupéré toutes mes affaires. Je croyais qu'il m'emmènerait à son appartement de Florence, mais il me conduisit directement à l'aéroport et nous prîmes l'avion jusqu'à Paris.

Il était attentionné, mais aussi silencieux, disant à peine quelques mots de tout le trajet.

J'étais si profondément triste que je n'avais pas envie de parler de toute façon.

De retour à Paris, son chauffeur me ramena chez moi. Bartholomé prit mes sacs et les porta à l'intérieur.

Il y avait si longtemps que j'y avais mis les pieds que je reconnaissais à peine l'appartement. Mon laptop trônait sur la table de cuisine. La vaisselle sale dans l'évier avait été lavée et rangée. Un vase de fleurs fraîches se trouvait sur le comptoir. Le saladier sur l'îlot de cuisine était maintenant rempli d'un assortiment de fruits frais.

Il avait dû donner l'ordre à un de ses hommes d'entrer par effraction chez moi pour préparer mon arrivée.

Je me sentais à la fois violée et touchée.

Quand Bartholomé eut mis mes bagages dans ma chambre, il me rejoignit dans l'entrée.

– Tu as besoin de quelque chose ?

La question me surprit, car je croyais qu'il resterait. Pour quoi faire exactement, je l'ignore. Mais je ne m'attendais pas à ce qu'il me dépose et qu'il se barre.

– Non...

– Appelle-moi si tu as besoin de quelque chose.

Il se dirigea vers la porte, prêt à partir.

– Bartholomé ?

Il se retourna. Son regard était comme la pierre — dur et sans vie.

– Tu peux rester...

Son visage resta stoïque. Il n'était ni triste ni fâché. Il n'y avait rien derrière ses yeux ravissants.

– Non, je ne peux pas.

Mon regard se promenait partout autour de moi, ne sachant pas où se poser. La chaleur me brûlait l'arrière des yeux, ma gorge se serrait. Les larmes montaient et je les sentais se former, affleurant sans déborder.

– Écoute...

– On aura cette conversation quand tu te sentiras mieux.

Merde.

– Je ne vais pas me sentir mieux de sitôt.

J'étais traumatisée par plus que la balle. J'étais traumatisée par l'horrible réalité que mon père ne m'avait jamais réellement aimée.

– J'aimerais pouvoir revenir en arrière...

– Mais tu ne peux pas.

– Je suis tellement désolée...

– Je le sais.

– S'il te plaît.

– Laura, dit-il, sa voix tranchant l'air. Deux de mes hommes ont été tués. Je sais que ton père n'a aucun respect pour la vie humaine, mais moi si. Je suis loyal envers mes hommes autant qu'ils le sont envers moi. J'ai perdu leur confiance en renonçant à tout pour te sauver. Il y a maintenant une tache sur ma réputation impeccable, et je ne pourrai jamais l'effacer.

Je suis complètement foutue.

– Tu n'étais pas obligé de me sauver...

Il plissa les yeux, l'air courroucé.

– Je ne laisserai jamais rien t'arriver. Même si tu n'as pas été loyale envers moi, je le suis envers toi.

Putain, ça fait trop mal.

– Bartholomé...

– Tu as fait ton choix. Tu dois vivre avec les conséquences.

Je cillai, m'efforçant de contenir mes larmes.

– Mon offre tient toujours. Je suis là si tu as besoin de moi.

Il se tourna et sortit de chez moi.

Je le regardai fermer la porte derrière lui et disparaître.

Puis j'éclatai en larmes.

3

BARTHOLOMÉ

Pour la première fois de ma vie, j'avais honte.

Trop honte pour retourner aux Catacombes et affronter le regard de mes hommes.

Ils suivaient mes ordres, car ils croyaient en moi. Ils me servaient comme des soldats protègent leur roi. Mais je leur avais tourné le dos — *pour une femme.*

J'étais assis seul au bar, mélangeant pilules et alcool sans me soucier des dégâts que j'infligeais à mon foie.

Quelques personnes me matèrent comme si elles savaient que je n'avais rien à faire là. Une ou deux femmes m'observèrent avec attention, mais elles semblaient trop intimidées pour m'aborder. Les tabourets voisins du mien restèrent vides. Personne n'osait s'approcher de moi.

Finalement, quelqu'un fut assez courageux pour prendre un siège.

Benton.

Il tapota des doigts sur le comptoir et se fit servir à boire.

C'était la dernière personne que j'attendais. J'avalai une rasade en regardant droit devant moi, pas d'humeur à bavasser, même avec lui.

– Blue m'a appris ce qui s'est passé.

– J'imagine.

– Comment va ton bras ?

Je fis tournoyer mon verre et j'avalai une gorgée.

– J'aimerais qu'il me fasse plus mal. J'apprécierais cette distraction.

Benton but un coup.

Je fixai le fond de mon verre.

– T'es pas obligé de faire ça.

– Faire quoi ?

Je portai l'alcool à mes lèvres.

– Je sais que tu ne veux rien avoir à faire avec moi, Benton. Je veux ton amitié, pas ta pitié.

Notre dernière conversation avait fini en dispute furieuse. Nous n'avions pas parlé depuis ce fiasco. Je m'étais même demandé si nous nous reparlerions un jour.

– Ma colère ne change rien à notre relation.

– Elle devrait.

Jamais je n'avais éprouvé un tel dégoût de moi.

Nous restâmes assis en silence. Les verres tapaient légèrement la surface du bar. Des conversations chuchotées dans diverses langues se poursuivaient dans le bar tranquille. Il n'y avait pas de musique.

– Comment va Laura ?

– Elle va s'en sortir.

Elle aura une vilaine cicatrice jusqu'à la fin de sa vie, assortie à celle sur mon bide.

– T'as rompu avec elle.

Ce n'était pas une question, alors je ne répondis pas. Je laissai la vérité de son affirmation ricocher sur le zinc.

– Je suis dans la merde, Benton.

Il ne restait que des glaçons dans mon verre. Je l'agitai juste pour entendre le son.

– J'ai perdu deux hommes alors que je n'aurais dû perdre personne. Mes hommes m'ont vu tout sacrifier pour une putain de gonzesse.

Je saisis le verre et le balançai dans la glace face à moi. Il se brisa en mille morceaux. Le silence tomba dans la salle. Le barman se figea. Il fallut plusieurs secondes avant que les conversations reprennent. Je martelai des jointures le comptoir et fixai le barman terrifié.

– Un autre.

Il me servit aussi vite que possible, renversant un peu d'alcool sur le zinc d'une main tremblante. Il fit glisser le verre vers moi et décanilla, trouvant une tâche à accomplir le plus loin possible de notre zone.

Seul Benton n'était pas perturbé par mon emportement.

– Pourquoi tu l'as sauvée ?

Je bus une longue gorgée et laissai le silence s'installer.

– Elle les a choisis plutôt que toi. Tu ne lui dois rien.

– Je sais.

– Tu penses vraiment qu'il l'aurait tuée ?

Je fixai mon verre en revivant la scène, la détermination de Leonardo.

– Oui.

Benton me lança un regard en biais.

– Un père tuerait sa fille ? demanda-t-il, légèrement incrédule.

– Il était désespéré au point d'en arriver là. C'était sa dernière carte. Sinon, je lui aurais tout pris. Sa fortune. Sa réputation. Tout ce qui compte pour lui. Sa fille bannie qui désapprouve sa vie... ça avait moins d'importance à ses yeux.

Mes parents m'avaient abandonné et ils avaient commencé une nouvelle vie avec leurs autres enfants. Voir Laura être lâchée par son père... ça m'avait touché. Je ne souhaiterais cette infamie à personne. C'était le genre de blessure si profonde qu'on ne pouvait pas la guérir, pas même avec une psychothérapie.

– Il ne lui aurait pas tiré dans la tête, mais dans les bras et les jambes jusqu'à ce que je cède ou qu'elle se vide de son sang.

– Seigneur.

– Claire a de la chance de t'avoir, Benton.

Plus de chance que nous autres.

– Tu ne peux pas lui pardonner ?

J'avalai une nouvelle gorgée.

– Non.

– Tu ne l'aurais pas sauvée si tu ne tenais pas à elle.

– Je n'ai pas dit le contraire.

– Peut-être que...

– C'est fini. Je ne changerai pas d'avis.

La seule chose qui comptait dans la vie, c'était la loyauté — et elle avait pissé dessus.

– Il faut que j'avance maintenant, ajoutai-je. Mais je ne sais pas comment.

– Tu pourrais commencer par le tuer.

– Si c'était une possibilité, je ne serais pas ici à te parler.

Je pendrais ce salopard au Duomo pour que tout le monde voie aux premières lueurs du jour son corps raide se balancer, la nuque brisée.

– J'ai accepté de ne pas revenir ici en échange de Laura. Et si je manque à ma parole, ma réputation déjà ternie sera complètement oxydée.

Benton se tut.

Je bus.

Il but.

Il n'y avait plus rien à dire.

– Je suis désolé, dit-il finalement. Mais les hommes te pardonneront.

– Ils ne devraient pas.

– Tout le monde a le droit à l'erreur.

– Mais ce n'était pas une erreur. De même que Laura a pris sa décision, j'ai pris la mienne. C'était intentionnel. C'est impardonnable.

– Un père allait tuer sa fille, dit-il. Ils ont probablement craqué pour elle.

– John et Hector sont morts.

– Ils connaissaient les risques. Comme tout le monde.

J'étais reconnaissant que Benton tente d'adoucir ma culpabilité, mais rien ne guérirait cette blessure.

– Je vais devoir regagner le respect de mes hommes, en supposant qu'ils ne fomentent pas un coup d'État et me tranchent la gorge pendant mon sommeil.

– Ils ne feront pas ça, Bartholomé.

– Tu crois ? Parce que c'est exactement ce que je ferais.

4

LAURA

Une semaine s'était écoulée.

Je n'avais plus le bras en écharpe, mais j'avais encore du mal à bouger la main. Les muscles étaient raides à cause du traumatisme, mais mon médecin m'avait dit d'utiliser mon bras aussi normalement que possible pour qu'il se rééduque. Si ça ne s'améliorait pas, je devrais essayer les séances de kiné.

Je n'avais pas eu de nouvelles de Bartholomé — et je savais que je n'en aurais plus jamais.

La rupture m'avait fait plus de mal que la balle.

Je m'efforçais de m'occuper l'esprit pour ne plus penser à mon insatiable besoin de vengeance et à mon chagrin d'amour dévorant. Je repoussais la douleur parce que je devais aller mieux. Je devais retrouver ma force.

C'était la seule façon de pouvoir tuer mon père.

J'étais seule dans mon appartement, pressant un sac de glace contre mon bras, car il me faisait mal après une longue journée passée à déplacer des vêtements et à livrer des costumes à mes clients. Mon appartement était silencieux. L'écran du laptop était éteint, resté inactif trop longtemps. Je n'avais pas encore dîné, mais j'allais sans doute sauter le repas, car je n'avais aucun appétit.

Je ne pensais qu'à un truc.

Bartholomé.

J'avais tellement merdé.

C'était irréparable, je le savais.

Mais il me manquait... tellement.

Dans mon désespoir, je lui envoyai un texto.

Tu peux venir ?

Je ne m'attendais pas à une réponse. Il avait dit qu'il m'aiderait en cas de nécessité, mais une discussion de fin de soirée ne faisait pas partie de cette offre. Je ne voulais pas non plus faire croire que j'avais besoin d'aide, car ce serait un mensonge, et je le respectais trop pour lui mentir.

Sa réponse fut quasi instantanée.

Je serai là dans dix minutes.

Mon cœur fit un étrange salto et un saut périlleux. Je me sentais plus légère que l'air. Mais il s'effondra bientôt, me nouant le ventre et envoyant une bile acide dans ma gorge. En l'espace de cinq secondes, j'étais devenue nerveuse, glacée et moite.

Dix minutes plus tard, il frappa à la porte.

Punaise, je vais vomir.

J'ouvris la porte et je me retrouvai face à face avec ses yeux noirs. Ils étaient de la couleur du café, mais ils n'avaient pas la chaleur d'une tasse fumante. Une ombre épaisse recouvrait sa mâchoire, presque une barbe. Il m'adressa le même regard que la dernière fois — vide comme le néant.

J'étais trop chamboulée pour l'inviter à entrer, alors il franchit le seuil de lui-même.

Il jeta un coup d'œil autour de lui comme s'il s'attendait à voir la source de mon appel. Comme s'il y avait un objet cassé à réparer ou un meuble trop lourd pour que je puisse le déplacer avec un seul bras. Quand il vit qu'il n'y avait rien, il me regarda à nouveau.

– De quoi tu as besoin ?

Sa voix était veloutée, lourde d'assurance, naturellement puissante.

Il était si beau que le voir me rendait faible. Les nuits où il se présentait sur le pas de ma porte juste pour me baiser sur le comptoir de la cuisine ou sous la douche me manquaient. Il n'était pas du genre à partir après avoir pris son pied. Il dormait à côté de moi et embrassait mon corps nu le matin.

– J'ai besoin de parler.

Il me dévisagea, l'air en colère.

– Je t'ai dit de m'appeler si tu avais besoin d'aide.

– Tu m'as dit d'appeler si j'avais besoin de quelque chose — et j'ai besoin de te parler.

Il resta planté devant moi, sa colère augmentant. Plusieurs secondes de silence s'écoulèrent.

– Très bien.

Il se dirigea vers la table ronde de la cuisine et s'assit sur la chaise qu'il avait l'habitude d'occuper lorsque nous dînions ensemble. Il portait son blouson en cuir et ses bottes militaires.

Je pris place en face de lui, nerveuse sous son regard perçant.

– Finissons-en au plus vite.

S'il le prenait comme ça, je n'arriverais à rien. Cette conversation était inutile.

– Comment va ton bras ?

Son ton s'adoucit légèrement.

– Il va bien.

– Ils t'ont enlevé les points de suture ?

– Ils se sont dissous.

– Donc, ton bras est redevenu normal…

– Mon bras va bien, Laura, s'agaça-t-il en regardant par la fenêtre ouverte. Et le tien ?

Je détestais qu'il m'appelle Laura. *Ma chérie* me manquait.

– Il est raide. Le docteur m'a dit de l'utiliser au maximum pour le rééduquer.

– Bon conseil.

– Je n'ai pas envie d'avoir une cicatrice.

– Une cicatrice vaut mieux que la mort.

Il tourna la tête vers moi. Ses bras musclés tendaient le cuir de son blouson de manière tellement sexy. Ses épaules larges masquaient le dossier de sa chaise. Il avait toujours été irrésistible, mais il l'était encore plus maintenant que je ne pouvais pas l'avoir.

– Tu as raison.

Le silence s'installa entre nous, la tension s'intensifiant à mesure que le temps passait.

Il me fixait, attendant que je continue.

Je ne savais pas par où commencer, quoi dire, alors je laissai parler mon cœur.

– Tu me manques…

Il ne réagit pas. Ne cilla pas.

– J'aimerais… j'aimerais pouvoir revenir en arrière.

– Mais tu ne peux pas. Tout comme je ne peux pas revenir en arrière sur la trahison de mes hommes.

– Bartholomé...

– Tu as été séparée de ton père pendant sept ans. *Sept ans.* Mais tu n'as pas hésité à me tourner le dos pour lui. J'ai tué les hommes qui t'ont violée. J'ai brisé Lucas juste pour avoir essayé de te toucher. J'aurais été loyal envers toi — jusqu'à la mort.

– Je sais...

– Je n'ai même pas encore parlé à mes hommes, car je n'ai pas les couilles de les regarder dans les yeux en ce moment. Je n'ai jamais eu honte de ma vie, martela-t-il en élevant la voix. Mais là, j'ai vraiment honte.

Il se pencha sur la table pour se rapprocher de moi, appuyant son doigt sur la surface.

– Je ne sais pas ce qui va se passer quand je vais entrer dans l'arène. Ils pourraient me brûler vif et cracher sur mon corps. Je ne leur en voudrais pas de le faire.

– Tu n'avais pas à me sauver...

– Je ne regrette pas ma décision, Laura. Je t'aurais sauvée mille fois, parce que je tiens vraiment à toi.

– Je n'aurais pas dû aller voir mon père. Je n'aurais pas dû être aussi stupide, et crois-moi, je le regretterai toute ma vie. Mais n'oublions pas que tu m'as menti, Bartholomé.

Il se pencha en arrière sur sa chaise.

– Tu es entré dans ma boutique avec l'intention de te servir de moi.

– Puis j'ai changé d'avis...

– Mais notre relation est fondée sur un mensonge. Tu n'es pas entré parce que t'avais envie de me baiser. T'as poussé la porte pour m'utiliser comme appât. Et ensuite, tu as gardé ce secret pour toi pendant des mois.

Il n'avait pas cligné des yeux depuis presque deux minutes.

– Tu as été très claire sur le fait que ce n'était pas une relation sérieuse, donc rien ne m'obligeait à te le dire.

– Et j'étais censée faire quoi quand je l'ai découvert ? Tu sais dans quelle situation tu m'as mise ?

Nous nous engueulions maintenant, nos voix faisant trembler les murs de mon appartement.

– Je ne m'attendais pas à ce que tu me largues et que t'ailles voir ton père. Je ne m'attendais pas non plus à ce que tu lui dises tout. Pas après t'avoir prouvé quel genre d'homme j'étais. J'aurais peut-être dû te dire la vérité, mais tu n'aurais pas dû le choisir.

– Tu crois que je ne le sais pas ? craquai-je, les yeux débordant de larmes de colère. Je vais tuer cet homme dès que je le pourrai. Je vais le canarder jusqu'à ce qu'il se vide de son sang sur son tapis persan.

Il avait un regard dur, comme s'il ne partageait pas le plaisir de cette mort.

– S'il te plaît... donne-moi une autre chance, suppliai-je.

Je tenais à peine le coup et il semblait ne ressentir aucune émotion.

– Laura, je t'ai dit que je ne changerais pas d'avis sur ton père. Pas pour toi. Pas pour qui que ce soit. La même chose s'applique à la situation. Je ne changerai pas d'avis.

Il me poignardait en plein cœur.

– Bartholomé...

– C'est toi qui as mis fin à notre relation. Ne l'oublie pas.

– Parce que j'étais en colère...

– Si ton père ne s'était pas comporté comme une merde, tu ne me redemanderais pas de te reprendre.

– On n'en sait rien...

– Tu veux que je revienne parce que j'ai pris des balles pour toi. Tu veux que je revienne parce que j'ai tout abandonné pour toi. Tu veux que je revienne parce que tu as fini par réaliser que c'est toi qui n'es pas assez bien pour moi.

Il se leva si brusquement que sa chaise bascula en arrière.

Je me levai aussi.

– Je n'ai jamais pensé que j'étais meilleure que toi...

Il se dirigeait vers la porte, mais il s'arrêta brusquement et me regarda.

– Tu as dit que tu ne voulais pas fréquenter quelqu'un comme moi...

– Après la fusillade qui nous a blessés tous les deux, je pense que c'est assez juste.

– Je voulais être ton homme, mais tu ne voulais pas que je le sois.

– Je ne voulais rien de sérieux...

Il me regarda d'un air furieux.

– Parce que je n'étais pas assez bien pour toi. C'est pour ça, Laura. Tu voulais bien baiser avec moi en secret, mais pas plus. J'étais seulement bon pour les chambres d'hôtel et les ruelles sombres. Tu es allée à un rendez-vous avec un autre type parce que je n'étais pas digne de respect.

– Je ne suis pas allée à un rendez-vous...

– C'est plus que choisir ton père. C'est un état d'esprit. Et crois-le ou non, je mérite mieux que ça.

Aïe.

– Bartholomé, ma mère a été assassinée et j'ai été violée...

– Et quand ton père t'a trahie, qui a volé à ton secours ?

Je ne dis rien.

– J'ai promis qu'il ne t'arriverait rien et j'ai tenu parole, alors j'en ai assez d'entendre cette excuse.

Mes larmes jaillirent et se mirent à couler à gros bouillon.

– Je ne veux pas que tu reviennes parce que j'ai envie qu'on continue à coucher ensemble. Je ne veux pas de la relation qu'on avait avant. Je veux plus. Je veux… tout ce que tu es prêt à me donner.

Son regard hostile resta insensible à mes larmes.

– Je me fiche de ton métier. Je me fiche des risques que tu prends. Je te veux comme tu es… Pardon de l'avoir réalisé si tard. Ne pense jamais que tu n'es pas assez bien pour moi, Bartholomé. Tu es… le premier homme qui m'a fait me sentir en sécurité.

Son regard ne changea pas.

– C'est trop tard, Laura.

– Il n'est jamais trop tard.

– Je t'ai déjà remplacée dans mon lit.

– Je ne te crois pas.

Je savais qu'il était un homme intraitable, mais il était impossible qu'il n'ait pas été ébranlé cette semaine alors que j'avais été malheureuse comme les pierres. Je refusais de croire qu'il avait couché avec des inconnues quand j'avais dormi seule.

– Tu ne ferais pas ça, dis-je.

Il se dirigea vers la porte et sortit.

Non.

– Ne m'appelle pas sauf si tu as vraiment besoin de quelque chose. Sinon, je ne viendrai plus, prononça-t-il en me tournant le dos, avant de disparaître dans le couloir.

5

BARTHOLOMÉ

Le véhicule s'arrêta sous le pont.

Les phares s'éteignirent.

– C'est l'heure d'affronter la tempête.

En lâche que j'étais, je n'avais pas montré ma tronche depuis une semaine. Les opérations avaient continué sans accroc, ce qui me donnait l'espoir que je n'étais pas complètement tombé en disgrâce.

– À quoi je dois m'attendre ?

– Certains sont contrariés, répondit Blue à côté de moi.

J'opinai légèrement.

– Mais certains savent que tu n'avais pas d'autre choix.

Je ne méritais pas leur indulgence.

– D'accord.

J'ouvris la porte, et nous franchîmes l'entrée secrète des Catacombes. L'endroit était sombre et humide, mais je sentis la baisse d'énergie dès que j'y mis les pieds. Les hommes passaient à côté de moi en me regardant, pas avec respect ou révérence, mais comme on regarde un animal écrasé au bord de la route. On sait qu'il va mourir dans les prochaines minutes, et on se demande si on ne devrait pas abréger ses souffrances.

C'était une longue marche de la honte dans le dédale de couloirs éclairés par les torches. Plus nous nous enfoncions et plus l'air était vicié. Les ossements me fixaient, et je ne pouvais m'empêcher de penser qu'il serait juste pour mes hommes d'ajouter mon crâne à la collection mortuaire.

Après ce qui me sembla une éternité, je pénétrai dans la caverne où nous nous rassemblions. Les hommes étaient assis aux tables en train de boire et de parler, mais les conversations s'éteignirent aussitôt que j'apparus. Le silence était si assourdissant que le bruit de mes bottes se réverbéra sur le plafond à quinze mètres au-dessus des têtes. Mon trône était là, vide, personne ne se l'étant approprié comme je le craignais.

Je sentis le mélange d'émotions dans la salle. La haine. La trahison. La pitié.

Tout ce que je détestais.

Tous les regards étaient rivés sur moi. Le moment était venu de m'adresser aux hommes qui me suivaient aveuglément depuis si longtemps.

– Je ne suis pas doué avec les mots, alors je vais aller droit au but. J'ai merdé — et j'ai merdé grave. Je ne vais pas m'excuser, parce que faire des excuses, c'est comme demander pardon, et je ne mérite pas le pardon. Je ne vais pas m'expliquer non plus, parce qu'une explication ne justifie pas les conséquences. J'espère seulement qu'on pourra aller de l'avant.

– Et riposter contre le Skull King ?

Silas était assis sur l'un des bancs, penché en avant avec les coudes sur la table, posant une question dont il connaissait déjà la réponse. Il me provoquait, essayait de m'humilier en me contraignant à avouer devant tout le monde que j'étais une putain de mauviette.

– J'ai promis de ne pas me venger. Et vous savez qu'un homme vaut ce que vaut sa parole.

Silas me toisa, comme si ma réponse ne faisait qu'attiser sa colère.

– Et John et Hector ? Ils sont morts pour toi — et tu ne vas même pas les venger ?

– Ce n'est pas que je ne veux pas...

– Mais tu ne le feras pas.

J'avais perdu beaucoup de pouvoir, car mes hommes ne me parlaient jamais sur ce ton, et si l'un d'eux le faisait, les autres lui briseraient la nuque sans même que j'aie à en donner l'ordre. J'étais livré à moi-même.

– J'ai donné ma parole.

– Eh ben, tu nous as donné ta parole aussi. Et regarde où on en est.

Je soutins son regard, restant calme et contenant ma frustration.

– J'ai dirigé les Chasseurs pendant dix ans. Pendant ce temps, on a atteint des sommets exceptionnels. On domine la Croatie et la France. On est tellement puissants que même la police et le gouvernement ne peuvent pas nous toucher. En fait, ils nous mangent dans la main. Nos profits sont énormes, et je vous ai toujours transmis ces profits au lieu de tout garder pour moi. Une erreur de jugement ne détruit pas toutes les victoires qui nous ont conduits jusqu'ici. Souvenez-vous-en avant de me juger.

La salle était silencieuse.

Mes mots avaient un effet.

Eh bien, sauf sur Silas, qui me regardait toujours comme si j'étais une charogne.

———

– Est-ce que ça va ?

Mes yeux balayaient la salle, regardant les invités discuter un verre à la main, certains complètement inconscients de la corruption omniprésente autour d'eux. Les dirigeants de notre pays se moquaient qu'il y ait de la drogue dans les rues — pourvu qu'ils s'en mettent plein les poches.

Une main se posa sur mon épaule.

– Bartholomé ?

Je braquai la tête dans sa direction dès que ses doigts touchèrent ma veste.

Elle broncha en voyant la colère dans mes yeux.

Je n'aimais pas qu'on me touche.

Elle retira sa main.

– J'imagine que ça répond à ma question…

Je détournai le regard en silence.

– Tu sembles en colère.

– Je suis toujours en colère.

– Plus que d'habitude.

Parce que je l'étais.

– C'est à cause de cette fille ?

– Cette femme.

Je ne couchais pas avec des filles.

– Je vais le prendre comme un oui.

Je bus mon champagne et je grimaçai. Il avait un goût de pisse.

– Qu'est-ce qui s'est passé ?

– Elle m'a trahi.

– Comment ?

Je restai silencieux, car je ne voulais pas en parler.

– Elle voyait quelqu'un d'autre ?

– Non.

– Alors comment elle t'a trahi ?

Je commençais à en avoir marre de traîner Camille à ces événements. Elle était devenue assez à l'aise avec moi pour me poser des questions indiscrètes, et son ventre grossissait à vue d'œil, ce qui était mauvais pour mon image. Je lui racontai l'histoire en un minimum de phrases.

Pour une fois, Camille fut muette d'étonnement.

– C'est fini.

– Tu ne crois pas que c'est injuste ?

– Non.

– J'espère que tu réalises que ça ne serait jamais arrivé si tu n'avais pas couché avec elle. Quand tu as su que tu n'avais pas besoin d'elle, tu aurais pu t'en aller. Mais non. Tu es entièrement responsable de la situation dans laquelle elle s'est retrouvée. C'est toi qui l'as entraînée là-dedans.

Je regardai ailleurs, ignorant son visage.

– Tu es trop dur.

– Elle a fait son choix, Camille.

– Elle était censée se foutre du fait que tu allais détruire sa famille ? demanda-t-elle incrédule. Pas seulement son père, mais aussi sa sœur et les membres de la famille impliqués dans le business. Tu t'attendais à ce qu'elle te choisisse aveuglément ? T'es narcissique ou quoi ?

– Oui, mais là n'est pas la question.

– Bartholomé...

– Je n'ai rien à foutre de ton opinion.

Enfin, elle se tut.

J'allais avoir besoin d'yeux derrière la tête, parce que j'avais perdu la loyauté de certains de mes hommes. À un moment donné, quelqu'un essaierait de me tuer. Mon travail avait été une partie de plaisir, mais j'allais désormais devoir regarder par-dessus mon épaule à toute heure du jour et de la nuit.

– Je vois que tu es malheureux comme les pierres sans elle.

– Je suis malheureux comme les pierres parce qu'elle a foutu ma vie en l'air.

– Mais...

– Ça suffit.

Je la fixai, la menace claire dans mes yeux.

Ce fut la fin de la conversation — et sans doute de notre relation professionnelle.

6

LAURA

J'étais assise à la table avec mon laptop et un verre de vin quand on frappa à ma porte.

Je levai immédiatement la tête et mon cœur s'emballa.

Et si c'était lui ?

C'était la seule personne qui débarquait chez moi à l'improviste. Et nous étions le soir, juste avant qu'il commence sa journée de travail. J'avais une sale tête avec mes cheveux en un chignon ébouriffé et aucun maquillage, mais ça n'allait pas m'empêcher d'ouvrir la porte.

Je regardai d'abord par le judas — et ma déception me tomba comme une brique dans l'estomac.

C'était Victor.

Quand j'ouvris la porte, il me regarda d'un air alarmé, comme si je pouvais encore me vider de mon sang une semaine plus tard.

– Je voulais m'assurer que tu vas bien.

Je n'avais pas l'énergie de protester, alors je retournai à la table et je me laissai choir dans ma chaise.

Il se joignit à moi, prenant celle de Bartholomé.

Ça faisait mal de regarder devant moi et voir quelqu'un d'autre que lui.

Victor me fixait toujours, l'air hésitant.

– Alors… est-ce que tu vas bien ?

Je bus une gorgée de vin.

– Physiquement, oui.

Il mata mon bras droit, où on voyait l'horrible cicatrice. Les ecchymoses bleu et noir seraient encore là pendant au moins quelques semaines.

– J'en avais aucune idée, Laura.

– Je sais.

– Si j'avais su, je l'aurais tué.

Je n'étais pas sûre de le croire. Victor n'avait pas tendance à joindre le geste à la parole, contrairement à Bartholomé.

– Il m'a demandé de venir te voir.

Je plissai les yeux.

– Il aurait pu appeler.

– Il savait que tu ne répondrais pas. Et s'il venait en personne... il n'était pas sûr de ce qui se passerait.

Parce que c'était un putain de lâche.

– Maintenant que tu m'as vue, tu peux rentrer chez toi.

Il resta immobile.

– Tu sors toujours avec lui ?

Je voulais mentir, mais je ne pouvais pas m'y résoudre.

– Non.

Une lueur traversa les yeux de Victor.

– Il m'a larguée... et je ne lui en veux pas.

Victor me guetta.

– Il aurait dû te dire la vérité.

– Peut-être. Mais je n'aurais pas dû choisir mon psychopathe de père qui n'a rien à foutre de moi au lieu de l'homme qui se soucie réellement de mon bien-être.

Je ne pouvais pas retourner en arrière. J'étais seule maintenant, et être seule ne m'avait jamais dérangée avant aujourd'hui. Je me sentais vulnérable, exposée. J'avais l'impression d'avoir eu un billet de loto gagnant dans la main et d'avoir laissé le vent l'emporter.

– Bartholomé est dangereux, Laura. Ça n'en a peut-être pas l'air maintenant, mais c'est une bénédiction que vous ne soyez plus ensemble.

– Non. *Leonardo* est dangereux. Bartholomé est un putain de saint comparé à lui.

– Tu sais le métier qu'il fait.

– Il a tué les hommes qui m'ont violée... et je n'ai même pas eu à lui demander.

Victor baissa les yeux, honteux.

Nous restâmes en silence un long moment.

– Tu serais prête à lui parler ? finit-il par demander.

– À qui ?

– À ton père.

Je renâclai.

– À ton avis ?

Il détourna de nouveau le regard.

– Je ne veux plus jamais voir sa gueule ni entendre sa voix. Assure-toi de lui dire.

Il opina faiblement.

Je n'étais pas née de la dernière pluie. Mon père recueillait des renseignements sous le couvert du regret, essayant de savoir si Bartholomé était toujours dans ma vie et si j'avais l'intention de me venger. Parce que si j'avais l'intention de tuer Leonardo, j'avais l'allié le plus puissant du monde.

Mais je décidai de le leurrer à mon tour avec un faux sentiment de sécurité.

7

BARTHOLOMÉ

J'entrai dans le salon et je m'installai dans le fauteuil de cuir.

Armando et son frère m'attendaient, prêts à passer aux choses sérieuses.

L'alcool fort fut servi. Des banalités furent échangées.

Je devais tenir ses hommes et les miens à l'œil désormais.

– On ne pourra pas vendre cette quantité de came dans les temps demandés, dit Armando. On nous avait dit qu'on aurait plus de clients, mais c'est tombé à l'eau.

Je souffrirais de cette humiliation pendant encore longtemps.

– Je viens de m'entretenir avec le Premier ministre. On devrait pouvoir franchir la frontière de la Belgique sans que personne ne nous fasse chier.

Armando resta stoïque, mais je voyais qu'il était impressionné.

Je devais improviser si je ne voulais pas perdre la face, si je voulais conserver le respect pour lequel j'avais sué sang et eau.

Puis Blue entra dans la pièce et son regard croisa le mien.

Comme s'il avait quelque chose à me dire.

– Excusez-moi, dis-je en me levant et suivant Blue dans une autre pièce. Qu'est-ce qu'il y a ?

– Victor a rendu visite à Laura.

Je plissai les yeux en entendant le nom de ce poltron.

– Seul ?

– Oui.

– Elle l'a laissé entrer ?

– Oui. Il n'est pas encore parti.

Ma poitrine se serra.

– Il est là depuis combien de temps ?

– Une heure.

– T'es sûr qu'il est venu seul ?

– Les hommes ont fouillé les rues à un kilomètre à la ronde. Ils n'ont rien vu de chelou.

Leonardo serait idiot de s'aventurer sur mon territoire, car à ce moment-là, je pourrais m'en prendre à lui sans états d'âme. Alors il avait envoyé Victor, son larbin, faire le boulot à sa place. Et Victor était sans doute trop con pour réaliser qu'il n'était qu'un pion sur l'échiquier.

– Fais-moi signe quand il sera parti.

———

Je toquai à sa porte et j'attendis.

Des pas résonnèrent de l'autre côté de la porte. Une ombre passa dans le judas. Puis elle vit que c'était moi.

Elle ouvrit la porte, les yeux ronds de surprise, car elle croyait sans doute ne plus jamais me revoir. Ses cheveux étaient attachés en un chignon lâche qui rehaussait son cou gracile. Elle n'était pas maquillée, mais ses yeux n'en étaient pas moins sublimes.

Je ne voulais surtout pas lui donner de faux espoirs. Je n'étais pas cruel.

— Qu'est-ce qu'il voulait ? demandai-je de but en blanc.

Elle se dégonfla comme un ballon de baudruche percé d'une minuscule aiguille. Lentement... et péniblement.

— Tu surveilles toujours mon appartement.

— Si ton père met le pied sur mon territoire, la trêve est annulée.

Lorsqu'elle comprit mon insinuation, elle blêmit d'un coup.

— Qu'est-ce qu'il voulait ? répétai-je.

— Voir comment j'allais.

Elle parlait d'un filet de voix, comme si elle avait à peine l'énergie de former des mots.

— Quoi d'autre ? Il est resté une heure et dix-sept minutes.

Son regard se durcit, mais elle n'avait toujours pas l'énergie de s'énerver contre moi.

— Quelle importance ?

– Crois-moi, c'est important. Maintenant, réponds à ma question.

– Il a demandé si on était encore ensemble... et j'ai dit non. Il a dit que mon père aurait voulu m'appeler, mais qu'il savait que je ne répondrais pas. J'ai dit à Victor que Leonardo avait intérêt à ne pas s'approcher de moi. Et c'est tout.

– Il tâte le terrain.

– Je sais. C'est pourquoi j'ai essayé de brouiller les pistes... Je compte me venger, dit-elle avant de passer les doigts sur sa blessure. Enfin, quand mon bras sera guéri.

Elle retourna vers la table et s'y assit.

Je n'avais plus rien à faire ici.

– Assieds-toi, dit-elle en remplissant son verre de vin. J'ai une proposition à te faire.

Je l'étudiai un moment, puis je la rejoignis à la table, prenant la chaise que Victor venait sans doute d'occuper. Ma colère bouillonnait sous la surface. J'étais irrité qu'il ait eu l'audace de venir ici comme s'il en avait quelque chose à cirer.

– Quoi ? fit-elle.

Je relevai les yeux.

– Tu as l'air fâché tout à coup.

– Je ne crois pas que Victor avait le droit d'être ici.

Elle me regardait, les doigts posés sur le pied de son verre.

– Il a dit qu'il ne connaît pas les intentions de mon père. Je le crois.

Je le croyais aussi. Mais ça ne changeait rien.

– Ta proposition ?

Elle ignora ma froideur et but son vin.

– On veut tous les deux sa mort. Unissons nos forces.

Son visage brillait de sincérité, la soif de sang luisait dans le coin de ses yeux. La même colère profonde que je m'efforçais de contenir en ma poitrine faisait rage dans la sienne. Ce n'était pas une menace en l'air, mais une intention réelle. Elle avait eu la semaine pour se calmer, mais elle était maintenant un fer rouge après avoir passé tout ce temps dans les flammes.

Je ne l'avais jamais trouvée aussi belle.

– Il allait seulement te laisser partir si j'épargnais son business.

– Mais pas sa vie.

– J'ai juré de ne pas retourner sur son territoire.

– Alors appâtons-le ici.

– J'apprécie ton enthousiasme, mais ce n'est pas un con.

– J'ai dit à Victor qu'on n'était plus ensemble. Tu pourrais menacer de me tuer à moins qu'il vienne à Paris.

Je ne voulais pas lui rappeler pourquoi son idée ne fonctionnerait pas, mais elle ne me laissait pas le choix.

– Il aurait continué de te tirer dessus jusqu'à ce que je cède. Il était prêt à te tuer, Laura. Alors non, ce plan ne fonctionnera pas.

Elle affichait une expression impassible, dérobant ses émotions à la vue de tous.

– Il ne jouait pas fair-play, alors pourquoi tu le fais ?

– Parce que je suis un homme et que c'est un lâche.

Tout simplement.

– Écoute, dit-elle en écartant son verre pour poser les mains sur la table. Je vais tuer ce salaud, que tu m'aides ou pas. Mais je préférerais que tu le fasses. On veut tous les deux la même chose.

L'entendre me parler ainsi fit défiler une rafale de souvenirs dans mon esprit.

– Je ne peux pas.

– Ta parole est si importante que ça ?

– C'est tout ce que j'ai. C'est le fondement de mes relations professionnelles. Le fondement de ma réputation. Mes hommes veulent se venger aussi, mais j'ai dû leur interdire. T'as pas idée à quel point c'est pénible pour moi de ne pas riposter.

J'avais du mal à exprimer ma colère par les mots. Je préférais la violence.

Elle se tut, réalisant qu'elle ne me convaincrait pas. Ses yeux étaient baissés vers la table.

Les miens étaient posés sur elle.

Elle finit par se redresser.

– Alors je le ferai toute seule.

Je ne trouvais pas que c'était une bonne idée, mais ce n'était pas mon rôle de lui dicter sa conduite.

– Sois prudente. N'oublie pas, entre toi et lui, il choisira toujours sa gueule.

Et je ne serais pas là pour la protéger

– Crois-moi, je le sais.

Elle regarda par la fenêtre les lumières de la ville qui scintillaient au loin.

– Je vais prendre son business aussi. Et quand je l'aurai fait, je vais te le donner sur un putain de plateau d'argent.

Je plissai les yeux.

Elle croisa mon regard, la détermination brûlant dans ses yeux.

– Il t'appartient, Bartholomé. Tu l'as gagné réglo, et j'ai tout foutu en l'air. Je vais arranger les choses.

– Laura, dis-je, parlant d'une voix calme. J'ai tout sacrifié pour te sauver la vie — et je veux que tu restes en vie. Plus d'argent, un plus grand territoire... ça ne vaut rien à côté de toi.

Sa soif de sang était alléchante, mais le risque pour sa sécurité ne l'était pas.

Elle me fixa longuement, immobile, sans ciller.

– Je savais que tu mentais.

Son accusation me prit de court, car j'ignorais à quoi elle faisait allusion.

– Tu ne couches avec personne d'autre. Il n'y a eu aucune autre femme que moi.

Mon visage resta de marbre. J'avais passé des années à perfectionner la froideur.

– Bartholomé...

– J'en ai marre à la fin. Et si tu penses me récupérer en tuant ton père et en lui prenant son business, détrompe-toi. Ça ne marchera pas.

Elle attira ses genoux vers sa poitrine et enroula les bras autour de ses jambes, me regardant comme si elle me voyait d'un tout nouvel œil.

– Tu ne peux pas traiter tes relations personnelles comme tu traites tes relations professionnelles.

– C'est exactement comme ça que je dois les traiter. Si tu ne fais pas confiance à ta meuf, ne sois pas avec elle. Et je ne te fais pas confiance.

Elle ferma immédiatement les yeux, comme si mes paroles lui avaient fait l'effet d'une balle en plein cœur. Lorsqu'elle les rouvrit, elle regarda par la fenêtre.

– J'ai l'impression de remonter dans le temps, dis-je.

Après un moment, elle releva les yeux vers moi.

– Elle a choisi sa famille plutôt que moi. Sans jamais regarder en arrière.

Un voile de larmes lui couvrait maintenant les yeux.

– Elle a épousé un autre homme. Tu vas faire la même chose. J'espère juste qu'il sera moins rasoir qu'un comptable.

Des gouttes se formèrent dans ses yeux, mais elle ferma les paupières pour les endiguer. Après quelques secondes de silence, elle les rouvrit de nouveau, réussissant tant bien que mal à contenir les larmes derrière ses cils.

– Ne sois pas cruel.

– Je ne connais que ça.

8

LAURA

Une nouvelle semaine s'écoula.

La seule chose qui me consolait de mon chagrin d'amour était mon désir de vengeance. J'en rêvais, imaginant comment j'allais faire payer mon père pour ses crimes. Je le punirais de m'avoir blessée. Je le punirais pour ce qui était arrivé à ma mère.

Mon bras allait mieux, mais il me faisait encore souffrir quand j'en faisais trop. Je serais incapable de filer un coup de poing. C'était ma main droite, alors j'aurais aussi du mal à poignarder quelqu'un. Et je savais que je ne pourrais pas m'approcher de mon père pour lui tirer dessus à bout portant.

Non, ça ne marcherait pas.

Je ne voulais pas lui tirer dessus et disparaître.

Je voulais le faire souffrir.

Je voulais qu'il se sente *trahi*.

Plusieurs fois, j'avais envisagé de me rendre à l'hôtel particulier de Bartholomé pour le faire changer d'avis. Mais cet homme était aussi impénétrable que le béton. Peu lui importait que ses sentiments pour moi n'aient pas changé.

C'était l'homme le plus têtu que j'avais jamais rencontré.

Si son ex ne l'avait pas blessé si profondément, j'aurais peut-être eu une chance... mais elle avait tout fait foirer.

J'avais tout fait foirer.

―――――

Je récupérai mes valises et je sortis dans l'air chaud. C'était l'été, il faisait une chaleur humide et étouffante, et je me mis instantanément à transpirer sous mon chemisier.

J'attendais sur le trottoir que mon taxi arrive quand mon téléphone sonna.

Bartholomé.

À la seconde où je lus son nom, l'émotion me serra la gorge. Je redoutais le jour où je ne verrais plus son nom s'afficher, où il arrêterait de surveiller mon appartement parce qu'il ne tiendrait plus à moi.

Je décrochai.

– Salut.

– Laura, dit-il de la voix sévère d'un parent qui gronde son enfant. Remonte dare-dare dans un avion.

Il me manquait, même quand il était furieux.

– Non.

– Ne fais pas ça.

– Je dois le faire.

– Laura, ça n'en vaut pas la peine. Vis ta vie. Et vis-la à fond.

– Je ne peux pas.

Mon père ne m'avait pas seulement brisé le cœur. Il avait détruit ma plus belle histoire d'amour. Je lui en voulais plus pour ça que pour la balle dans mon bras.

– Il faut que je le tue.

– Tu n'as aucune chance contre lui. Il finira le boulot.

– J'ai un plan...

– Un plan idiot. Comme tout le reste. J'ai sacrifié ma réputation pour que tu vives et que tu ne retournes pas dans la fosse aux lions.

Il avait l'air tellement en colère que je l'imaginais en train de tempêter dans son appartement en faisant des moulinets des bras, renversant les lampes tellement il était furieux.

– Colle ton cul dans un putain d'avion.

– Si tu tiens tant à moi, alors pourquoi tu ne me pardonnes pas ?

Silence.

– Donne-moi une nouvelle chance si tu es si contrarié.

Je n'avais jamais supplié un mec. Je n'avais jamais couru après un mec. Mais je savais qu'il était le seul homme que je voulais, et je pensais qu'il y avait encore de l'espoir. Il disait une chose, mais son amour pour moi entrait en contradiction avec ses paroles.

– Tu te fous de moi ? demanda-t-il d'une voix glaciale. T'as pensé qu'en prenant un vol pour l'Italie, tu allais me forcer la main ?

– Non...

– Ta stratégie à deux balles ne fonctionnera pas.

– Ce n'est pas ce que je fais...

– Foutaises, claqua-t-il. Tu me prends pour un con ?

– Je disais juste que...

– Je ne veux pas de toi, Laura. À la seconde où tu m'as poignardé dans le dos, je t'ai méprisée. C'est ce que tu veux entendre ? Je mérite une femme qui m'aime pour moi et non pour ce que je fais. Tu ne m'as jamais estimé.

Je n'étais pas d'accord, mais il ne servait à rien d'argumenter.

– Au revoir, Bartholomé.

Je raccrochai. Sinon, je me serais mise à sangloter comme une gamine sur le trottoir, au milieu d'une foule d'inconnus.

J'inspirai à fond puis je regardai mon téléphone. Mon chauffeur de taxi se trouvait encore à cinq minutes. Je voulais juste aller à mon hôtel, m'allonger sur le lit... et pleurer jusqu'à ce que je m'endorme.

Quelques minutes plus tard, mon téléphone sonna à nouveau.

C'était lui.

J'étais tellement bouleversée que je faillis ne pas répondre.

Faillis.

Je décrochai, mais je ne dis rien.

Il parla d'une voix calme.

– Je ne peux pas te protéger cette fois, Laura.

– Je ne m'attends pas à ce que tu le fasses.

– J'ai manqué à ma parole pour toi une fois, et je ne le referai pas.

– Je sais.

Il resta silencieux pendant un long moment. Il n'y avait plus rien à dire, mais il ne voulait pas raccrocher.

– Sois prudente.

9

BARTHOLOMÉ

J'étais vautré dans le fauteuil du salon, vêtu seulement d'un pantalon de jogging. Je serrais le téléphone dans ma main, le coin métallique reposant contre ma joue. Des bruits de pas retentirent derrière moi.

– Bartholomé ?

Je contemplais par la fenêtre la ville en plein jour. J'étais rentré chez moi depuis plusieurs heures, mais j'étais trop nerveux pour dormir. Quand je me regardais dans la glace, mes yeux étaient injectés de sang comme si j'avais consommé les drogues que j'écoulais dans la rue.

Blue contourna le fauteuil pour me voir de face.

– C'est un mauvais moment ?

Chaque minute de chaque putain de jour était un mauvais moment.

– Qu'est-ce que t'as découvert ?

Je devinai à son hésitation qu'il s'agissait d'une mauvaise nouvelle.

– Les gars sont assez méfiants à mon égard. Ils savent que je suis loyal envers toi.

Je regardai de nouveau par la fenêtre. Il fallait que je redouble de vigilance à tout moment et m'entoure d'une garde rapprochée, même si ça ne changeait pas grand-chose. Les hommes qui voulaient me tuer pourraient être les gardes qui me protégeaient. Je devais être préparé à la guerre à tout moment. Des armes étaient planquées dans tous les recoins de la maison. Je dormais avec un fusil d'assaut à côté de moi au lieu d'une femme.

– Je vais lui parler en privé.

– Tu crois que c'est une bonne idée ?

Je lui lançai un regard noir.

Blue détourna immédiatement le sien, sachant qu'il avait dit une connerie.

– J'ai besoin que tu me rendes un service.

– Oui ?

– Je veux que tu envoies quelques hommes à Florence.

Ses sourcils se levèrent immédiatement.

– Tu as changé d'avis.

– Non. Je veux qu'ils suivent Laura jour et nuit en veillant à ne pas être vus.

Blue me regarda d'un air perplexe.

– On doit mettre nos meilleurs hommes sur cette filature. Leonardo va la faire suivre aussi, et il ne doit rien soupçonner.

Il croisa les bras sur sa poitrine.

– Je ne suis pas sûr qu'on trouvera des volontaires pour cette mission.

– Ils ne me détestent pas tous.

– Ça va faire mauvaise impression que tu sois prêt à envoyer des hommes pour protéger une femme, mais pas à envoyer des hommes en éclaireur…

– Démerde-toi pour qu'une équipe parte là-bas, Blue.

10

LAURA

Je m'avançai jusqu'au portail de fer du domaine de mon père.

Les gardes de sécurité me dévisagèrent, n'arrivant pas à croire que je remettais les pieds ici. Ils parlèrent dans leurs walkies-talkies, puis ouvrirent le portail pour me laisser entrer. Mais pas avant de procéder à une fouille.

Une fouille approfondie.

Ils inspectèrent la doublure de mon soutif à la recherche d'une arme cachée et me palpèrent le corps en entier, y compris les fesses.

J'en frappai un lorsqu'il glissa la main entre mes jambes.

– J'ai l'air d'une prostituée ?

Ils me firent passer dans un détecteur de métal.

Je les fusillai du regard lorsqu'ils eurent fini.

– C'était vraiment nécessaire de me fouiller, du coup ?

Je montai les marches jusqu'à la porte principale, où le majordome m'accueillit. Il était prudent avec moi ; mon père avait sans doute menacé de le tuer sinon.

Je n'étais pas comme lui. Je ne tuais pas des innocents.

– Je veux le voir.

– Il arrive sous peu. Allons au salon.

Il me conduisit dans la pièce où je m'étais entretenue avec Leonardo plusieurs fois. Il me laissa m'asseoir avant de repartir.

Me retrouvant seule, je parcourus des yeux la pièce depuis mon fauteuil, tentée de la fouiller pour trouver les armes cachées. Je savais qu'il y en avait partout. Enfant, on m'avait dit que j'aurais droit à une horrible fessée si je touchais à un flingue que je trouvais. Ils étaient collés sous les tables, derrière les commodes et les télés, partout.

Je me demandais s'il y en avait un dans cette pièce.

Quelqu'un entra — mais ce n'était pas mon père.

C'était Victor.

Son visage était tendu, et il semblait contrarié de me voir.

– Laura.

Il s'approcha et s'assit dans l'autre fauteuil.

– Qu'est-ce que tu fais là ?

– Je veux lui parler.

– Pourquoi ?

– À ton avis ? Parce qu'il m'a *tiré* dessus.

– Je croyais que tu ne reviendrais pas, c'est tout. Tu as dit que tu ne voulais plus jamais voir sa gueule ni entendre sa voix.

– Eh bien, je suis toujours aussi en colère, et j'ai bien l'intention de lui dire. Et ce connard va rester assis ici à m'écouter jusqu'au dernier putain de mot, dis-je en levant le bras. Regarde.

Ses yeux restèrent sur les miens.

– *Regarde.*

Il baissa les yeux vers l'horrible cicatrice.

– Voilà ce que je fais ici.

Mon père apparut, vêtu d'une veste de sport malgré la chaleur insupportable à l'extérieur. Ses yeux trouvèrent les miens.

Je soutins son regard.

C'était un bras de fer silencieux. Nous jaugions chacun l'autre, laissant le silence s'intensifier un peu plus chaque seconde. Victor quitta la pièce sans en avoir reçu l'ordre, et je me retrouvai seule avec mon père.

Il m'étudia depuis l'embrasure de la porte, laissant un espace entre nous comme s'il ne savait pas comment m'approcher.

Comme s'il avait peur de moi.

Avec raison.

Il finit par entrer dans la pièce, s'asseyant dans le fauteuil que Victor venait de libérer.

La rage était indescriptible. J'avais du mal à le regarder sans bouger tellement il me démangeait de lui exploser la tronche. Le sang bouillonnait dans mes veines, et la pression était si forte qu'elles menaçaient d'éclater. Je devais me faire violence pour garder ma contenance, pour rester dans ma chaise au lieu de me précipiter sur lui.

– Va. Te. Faire. Voir.

C'est tout ce que je pus dire. Les seuls mots cohérents que je pus émettre.

Il le prit avec indifférence, s'attendant sans doute à cette réaction.

– Tu m'as… tiré dessus… putain.

J'avais du mal à prononcer les mots, car chaque syllabe me ramenait à cette nuit-là, où j'avais senti le canon du fusil sur mon crâne. Le métal était froid comme la glace.

– Laura…

– Je suis ta *fille*, m'énervai-je, mes yeux s'emplissant de larmes. Comment t'as pu me faire ça ?

Il détourna le regard.

Tant mieux. Il n'avait pas le droit de me regarder.

– Je n'avais pas d'autre choix…

– On a *toujours* le choix. Tu aurais pu me tuer.

– J'ai fait attention en visant…

– Et si Bartholomé n'avait pas cédé ? Tu aurais continué de me tirer dessus ?

– Bien sûr que non, dit-il en me regardant de nouveau. Je savais qu'il céderait.

Je n'en croyais pas un mot. Pas un foutu mot.

– Et il fallait que ça ait l'air vrai. Je devais le convaincre que je ne bluffais pas.

Salaud.

– Je... j'arrive pas à croire que tu ne m'as rien dit.

– Il fallait que ça ait l'air vrai, Laura.

– Mais t'avais l'intention de m'utiliser comme un pion depuis le début. Tu savais que je ne pourrais pas le convaincre.

– Les hommes comme lui sont indifférents aux supplications d'une femme.

Bon sang, je suis tellement idiote.

– Je comprends que tu es fâchée, Laura...

– Fâchée est un euphémisme. Je t'ai tout raconté... et tu m'as traitée comme une chienne.

– Il n'y avait pas d'autre façon. Bartholomé m'avait acculé au mur. C'était soit ça, soit je perdais tout. Laura, tu as sauvé notre famille et notre héritage. J'espère que tu comprends l'importance de ton sacrifice.

– Mais ce n'était pas un sacrifice — parce que ce n'était pas mon choix.

Son regard se durcit.

– Il nous aurait tous tués.

– Seulement si tu n'avais pas coopéré.

– Et tu crois que je l'aurais fait ? répliqua-t-il incrédule. Tu crois que je suivrais les ordres d'un autre ? Tu crois que je serais à la merci d'un autre ? Non, je préférerais mourir — et il le savait.

Je n'aurais pas souhaité que mon père finisse ainsi, en se faisant exécuter après avoir refusé de coopérer. Si c'était arrivé, je n'aurais sans doute plus jamais reparlé à Bartholomé. Quelle que soit ma décision, Bartholomé et moi ne serions plus ensemble aujourd'hui.

Mais dans ce scénario-ci, c'était moi la méchante.

Les rôles auraient facilement pu être inversés.

À ce moment-là, je cessai de me sentir aussi mal pour mes actions. Si je ne l'avais pas trahi, c'est lui qui m'aurait trahie. Quand je l'avais supplié d'arrêter, il aurait pu se retirer, et nous serions à Paris en ce moment… mes chevilles accrochées derrière son dos.

La voix de mon père me ramena à la conversation.

– Tu nous as sauvés, Laura. Et je t'en serai éternellement reconnaissant.

Ses belles paroles n'avaient plus d'effet sur moi. Je ne me laisserais plus jamais mener en bateau.

– J'espère que tu comprends à quel point je suis désolé. À quel point je me sens mal.

Je n'accepterais pas ses excuses aussi facilement. Ce serait trop suspect.

– Je suis soulagée que personne d'autre que moi n'ait été blessé, et que la famille puisse continuer à subsister grâce au business. Mais je ne te pardonne pas.

Ses yeux fouillèrent les miens. Il semblait véritablement blessé.

– Tu le fréquentes toujours ?

Il avait eu la réponse par Victor, mais il me le demandait quand même, pour en être sûr.

– Non. Il n'a pas pu me pardonner ma trahison.

– Tu as protégé ta famille. Il aurait fait la même chose.

Pas Bartholomé.

– Il me manque, mais... c'est la vie.

– Ce n'était pas l'homme qu'il te fallait, Laura. Tu l'intéressais seulement parce que tu es ma fille.

Et ça lui était revenu en pleine tronche. S'il n'avait jamais mis les pieds dans ma boutique, son plan aurait fonctionné. Il aurait dû s'en aller et ne plus jamais revenir, et maintenant qu'il m'avait brisé le cœur, je souhaitais qu'il l'ait fait.

– Je vois la façon dont Victor te regarde.

Je me tournai vers lui.

– Il n'a eu aucune copine sérieuse après toi.

Je restai impassible, mais une graine avait été plantée.

Par mon propre ennemi.

– Je voulais seulement que tu le saches.

―――――

Victor attendait près de l'entrée pour me voir avant que je parte. Il portait un t-shirt noir et un jean sombre, sa barbe courte soigneusement rasée. Ses yeux espresso se posèrent sur moi dès que je tournai le coin. Il me regarda des pieds à la tête, comme pour s'assurer que je n'étais pas blessée.

Je marchai vers lui.

– Allons dîner.

Il se figea à l'invitation, cillant comme s'il n'en croyait pas ses oreilles.

– Très bien.

Nous quittâmes le domaine ensemble et marchâmes dans les rues jusqu'à ce que nous trouvions un bistro. Il y avait une sélection de paninis, de pâtisseries et de cafés. Nous nous assîmes à une table et commandâmes à manger.

Victor faisait tache, comme s'il n'était pas à sa place ici... ou avec moi.

Je bus mon espresso, sentant la caféine me ravigoter presque instantanément. Mon cœur ne tambourinait plus comme quand je m'étais retrouvée devant mon père. J'étais toujours fâchée, assez fâchée pour le tuer, mais la rage était tempérée par mon plan qui se dessinait.

– Vous vous êtes réconciliés ? demanda-t-il.

Loin de là.

– Il m'a raconté sa version des faits. Des conneries.

Victor ne touchait pas à son café ni son sandwich. Il avait sans doute déjà mangé, mais ne voulait pas rater l'occasion de passer du temps en tête à tête.

– Alors tu vas rentrer à Paris.

Sa déception était palpable.

– En fait, non.

Il fronça les sourcils.

– Je reste ici. J'ai du boulot, et tu vas m'aider.

La perplexité de Victor s'intensifia, ses traits ravissants se tendant.

– T'aider à faire quoi ?

– À me venger.

Ses muscles se raidirent perceptiblement, et son assurance se mit à décroître.

– Laura...

– Voilà ce qu'on va faire. Il va penser qu'on a recommencé à sortir ensemble. On va devoir prendre notre temps pour que ça ait l'air crédible.

Il fronça les sourcils en m'écoutant.

– Tu vas m'aider à regagner sa confiance. À le faire baisser la garde. À réintégrer son cercle.

– Pourqu...

– Parce que je veux qu'il souffre comme il m'a fait souffrir. Parce que je veux que sa cicatrice émotionnelle soit aussi douloureuse que la cicatrice physique. Parce que je veux qu'il se sente aussi petit que je me suis sentie quand il m'a tiré dans le bras, putain.

Je ne baissai pas le ton. Je me contrefichais qu'on m'entende. J'étais certaine que les gens du coin n'étaient pas inconscients du Skull King et de ses activités illégales.

Victor sonda mes yeux.

– Il va me tuer en l'apprenant.

– Mais non.

– S'il t'a tiré dans le bras, il n'aura aucun scrupule à me foutre une balle entre les yeux.

– Il ne pourra pas le faire, parce qu'il sera mort.

Victor se tut.

– Et c'est moi qui l'aurai tué.

– Laura, je comprends que tu es contrariée...

– Victor, j'aurais pu faire semblant de vouloir sortir avec toi pour accomplir mon but, mais je te respecte trop pour te bobarder. Tu vas le faire parce que tu m'es redevable. Extrêmement redevable.

Il regarda ailleurs, comme s'il cherchait un moyen d'esquiver la situation.

– Tu devrais vouloir sa mort après ce qu'il m'a fait.

– Qu'est-ce qui te fait croire le contraire ? répliqua-t-il en reposant les yeux sur moi. Mais tu ne sais pas à quel point il est puissant. Tu ne comprends pas l'étendue de son pouvoir. C'est le Skull King depuis longtemps, et il a toute une panoplie d'hommes influents dans sa poche.

– Et quand il sera mort, tu crois qu'ils voudront s'en prendre à moi ? renâclai-je. Ils n'auront qu'une idée en tête, c'est prendre sa place. Tu crois qu'ils en ont quelque chose à foutre que sa fille le haïssait tellement qu'elle l'a buté ? Ça a tout à voir avec la famille et rien à voir avec les affaires.

– Si tu veux le tuer, prends un flingue et tire-lui dessus.

– Il s'y attend, et ça ne lui ferait pas mal. Il doit me faire confiance. Il doit croire que je suis sa loyale petite fille.

Victor inspira profondément, puis se gratta la barbe en réfléchissant.

– J'ai pensé le tuer moi-même. Après ce qu'il t'a fait... je n'ai plus été capable de le voir comme avant. Il m'a fait surveiller, comme s'il craignait que je te venge. Ça n'a pas été dit tout haut, mais je sais qu'il a perdu le respect de certains de ses hommes quand il a tiré sur sa propre fille. La famille est la chose la plus importante dans notre culture, et il a craché dessus.

Il croisa les bras sur la poitrine, toujours sans toucher sa nourriture.

– Je suis prêt à t'aider — mais c'est énormément demander. Je me mouille pour toi, et ton père est l'un des types les plus intelligents que j'ai jamais rencontrés. Il n'est pas facile à duper.

Sentant qu'il n'avait pas fini son discours, je restai silencieuse.

– Alors, je veux quelque chose en retour.

– Tu veux quelque chose en retour ? demandai-je, pouffant légèrement.

– Je pourrais glisser du poison dans son scotch. Je pourrais le poignarder dans son sommeil, ni vu ni connu. Mais ton plan est beaucoup plus risqué. Alors si tu veux qu'on fasse les choses à ta façon, ça doit valoir le coup pour moi.

– Qu'est-ce que tu veux, Victor ?

Il me fixa longuement.

Je savais où il voulait en venir.

– Je veux une autre chance.

– Une autre chance ? répétai-je, jouant les innocentes dans l'espoir qu'il laisse tomber.

– Une autre chance d'être avec toi. Je ne suis plus le même homme qu'avant. Je l'ai prouvé en acceptant de t'aider.

– Si tu étais l'homme que tu devrais être, tu tuerais mon père simplement parce qu'il le mérite.

– J'irais le tuer immédiatement — mais tu ne veux pas qu'il meure comme ça. Et je sais que tu veux presser la gâchette toi-même.

Je sentais l'intensité de son regard, et je savais combien Bartholomé serait furax s'il entendait cette conversation — même s'il n'aurait aucun droit de l'être.

– Je ne suis pas prête à tourner la page, Victor. Bartholomé et moi, on vient de se séparer il y a deux semaines. C'est trop tôt.

Je n'imaginais pas les lèvres d'un autre homme sur les miennes. Je n'imaginais pas un autre homme dans mon lit. Je n'imaginais personne d'autre que Bartholomé.

Victor ne sembla pas surpris.

– Alors quand tu seras prête, je veux une chance.

Je ne comprenais pas son affection persistante.

– Victor. Ce serait plus facile pour toi si tu trouvais quelqu'un d'autre et que tu repartais à zéro. Toi et moi... on va toujours vivre dans le passé. Tu peux avoir toutes les femmes que tu veux et tu le sais.

Il réfléchit un moment avant de répondre.

– C'est vrai. Mais tu es la femme que j'aime.

Je ne pouvais pas croiser son regard.

– Je ne sais pas comment tu peux dire ça alors que c'est toi qui as demandé le divorce.

– Je ne l'ai pas fait parce que je ne t'aimais pas. Je... je ne pouvais juste pas vivre avec ce qui était arrivé.

– Eh bien, ce qui est arrivé est arrivé. J'ai été violée, Victor. Je serai toujours une femme qui a été violée. Si on couche ensemble, tu ne pourras pas faire autrement que de penser aux hommes qui m'ont abusée. Rien n'a changé — sauf la date.

Il ne broncha pas à mes mots.

– Je ne te vois pas comme ça, Laura. Avant si, parce que j'étais encore un gamin. Mais je suis un homme maintenant, et je te vois comme tu es — une femme forte et magnifique.

C'est moi qui détournai le regard cette fois.

– J'ai souffert de te laisser partir. Ce n'est pas comme si je t'avais oubliée. Au fil des années, les femmes passaient et se ressemblaient, mais je n'ai jamais oublié notre histoire. Je crois que la vie nous donne une autre chance d'être ensemble — et qu'on devrait la prendre.

– Si on a une chance, c'est parce que mon Oncle Tony est mort, mon père m'a tiré dessus et mon copain m'a larguée. Comme c'est romantique.

– Tu sais bien que votre relation n'avait pas d'avenir. Elle était construite sur des mensonges. Ses mensonges.

J'évitais toujours son regard, en songeant à l'homme qui m'avait déchiré le cœur. Cette relation n'aurait pas fonctionné, quelles que soient les circonstances, mais j'avais quand même l'impression d'avoir perdu l'amour de ma vie. J'étais encore plus malheureuse que lorsque Victor avait demandé le divorce.

– C'est peut-être vrai... mais ça ne change rien au fait que j'ai le cœur brisé.

Victor m'étudia un long moment, ravalant ma confession d'un air sévère.

– Alors, on a un deal ?

Sa question me ramena à la conversation.

– Oui.

Dès qu'il obtint la réponse qu'il voulait, son regard s'adoucit légèrement, comme s'il venait de me demander en mariage et que j'avais accepté.

11

BARTHOLOMÉ

Assis à une table du musée, un verre à la main, j'assistais à l'effondrement de mon monde.

– Le Premier ministre belge a découvert que les substances avaient traversé la frontière. Pour pouvoir continuer de coopérer, il faut que j'augmente les restrictions douanières. Je suis désolé, Bartholomé.

– On avait un accord.

La salle était remplie de gens immondes dans des costumes immondes, et j'avais toute l'attention du Premier ministre parce que je connaissais ses secrets inavouables. Je savais pour la prostituée qu'il avait mise en cloque. Elle avait gardé l'enfant et il la payait chaque mois pour qu'elle se taise. Sa femme n'en savait rien, pour l'instant.

– Oui, mais vous avez choisi de ne pas être discret et vous avez inondé le marché de substances illicites. Je ne suis pas responsable de ce débordement.

– Ne votez pas de restrictions.

– Si je ne le fais pas, j'aurai l'air complaisant.

– Vous *êtes* complaisant, monsieur le Premier ministre.

Et pas seulement parce qu'il avait baisé une pute sans capote. Il était coupable d'autres malversations, comme le blanchiment d'argent et l'extorsion. Mon vieil ami Fender avait pris sa part au passage.

– Si vous n'ouvrez pas les frontières, alors trouvez une route alternative, peut-être le système ferroviaire.

– Le train transporte des passagers.

– La cargaison passera inaperçue.

Agacé, il détourna le regard et observa les mondains se mêler les uns aux autres dans la salle. Sa propre femme discutait avec leur fille aînée, qui venait de commencer l'université. Que penserait-elle si elle savait qu'elle avait une petite sœur d'un an ?

– J'ai les mains liées...

– Elles seraient liées si j'y avais enroulé une corde. Pour le moment, elles sont libres.

Il continua de regarder ailleurs.

– Trouvez une solution. Ou vous savez ce qui vous arrivera.

Le chauffeur me déposa devant le bar à l'autre bout de la ville. C'était une nuit tranquille, avec peu de gens dans la rue et encore moins à l'intérieur. Quelques tables étaient occupées, et une musique légère flottait dans l'air. Aux coins de la salle, les téléviseurs étaient branchés sur les chaînes d'info en continu.

Je repérai Silas à l'autre bout de la salle, assis à une table avec deux gars que je ne connaissais pas. Ils buvaient de la bière pression comme des gamins. Je me rendis d'abord au bar commander une boisson d'homme, puis je traversai la salle en prenant mon temps, établissant un contact visuel avec Silas avant d'arriver.

Il soutint mon regard. Son visage était froid comme le marbre.

Je bus une gorgée de whisky sans le quitter des yeux.

Quand les types qui l'accompagnaient perçurent la tension, ils tournèrent la tête vers moi.

Je concentrai mon regard sur Silas.

Il congédia ses gars d'un signe de tête discret.

Quand ils obéirent à son ordre de dispersion silencieux, je réalisai que cet homme avait une vie en dehors des Chasseurs.

Je pris le siège inoccupé en face de lui.

Il me fixa.

Je le fixai.

Un bras de fer silencieux.

Il but un coup.

Je l'imitai.

Puis il croisa les bras sur sa poitrine et s'enfonça dans le fauteuil.

– Il faut oublier cette histoire, dis-je.

Il pencha la tête sur le côté.

– Ah ouais ?

– Ouais, si tu veux rester dans les Chasseurs.

– Tu me menaces, Bartholomé ?

– Tu m'as déjà vu menacer des types, Silas. Ce n'est pas ce que je fais en ce moment — pas encore.

Je savais que cet enculé me détestait. Je savais qu'il était le plus susceptible de fomenter un coup d'État.

– Exprime tes griefs pour qu'on puisse aller de l'avant, dis-je.

– Tu veux entendre mes doléances ? ricana-t-il. T'es une gonzesse. Voilà ce que je te reproche.

Je le fusillai du regard.

– On tenait cet enfoiré par les couilles, et t'as renoncé à l'estocade finale pour tremper ta bite.

Ma bite était à sec.

– John et Hector. Morts. Par ta faute, siffla-t-il en se penchant en avant. Je pourrais te respecter si tu te bougeais le cul pour venger nos hommes. Pour venger notre réputation. Mais tu restes assis là... comme une putain de gonzesse.

– Arrête de me traiter de gonzesse. On paie tous les deux très cher pour se taper des gonzesses, alors ce n'est pas une insulte. C'est même un plaisir.

Il fronça les sourcils.

– Je pense qu'on est tous les deux d'accord pour dire que les gonzesses, c'est la vie.

Son regard resta dur.

– J'ai merdé, Silas. Je ne vais pas justifier mon erreur. Je ne vais pas faire croire que tout va bien. Je regrette ce qui s'est passé, et j'aurais aimé que ce soit différent. Mais je nous ai menés à la victoire un paquet de fois ces dix dernières années. Les Chasseurs n'étaient qu'un vague projet avant que j'en prenne la tête. J'ai transformé ce groupe amateur en une entreprise d'un milliard d'euros. Je peux affirmer aujourd'hui que je suis le seul à pouvoir faire ça. Alors, acceptons cette perte comme un effet de bord et avançons.

– C'est toi qui as dit que rien ne justifie de trahir un être loyal à vie.

– Ce n'était pas une trahison.

– Notre vision des choses est différente.

Notre ?

– Une innocente serait morte...

– Et alors ? rugit-il. Tu aurais dû la laisser crever.

Même si je pouvais revenir en arrière, le résultat serait exactement le même.

– On devrait être en Italie en ce moment, les armes à la main.

– Je t'ai dit qu'on ne pouvait pas faire ça...

– Et c'est pourquoi tu vas finir au fond du fleuve.

Mon expression ne changea pas, mais mon corps se contracta avec une tension telle que j'aurais pu me catapulter jusqu'au plafond. Mes hommes ne m'avaient jamais menacé. Or maintenant, la promesse de violence planait clairement.

Il attendait ma réaction, mais il n'obtint rien de moi.

– Tu ne peux pas me tuer, Bartholomé. Parce que si tu le fais, tu sais ce qui se passera.

Les hommes se retourneraient contre moi. Pour l'instant, le climat était civil. Ils oubliaient chaque jour un peu plus ce qui s'était passé à Florence et ils poursuivaient leurs activités. Mais si je tuais Silas... un des miens... ils ne me feraient pas confiance. Même si Silas avait menacé de me tuer.

– Ne joue pas au plus malin avec moi, Silas.

Il se fendit d'un sourire.

– Tu sais, il y a un mois, j'aurais pris une balle pour toi. J'aurais fait n'importe quoi pour servir l'énigmatique et puissant Bartholomé. Mais maintenant... je ne te respecte plus. Tu n'es plus le chef. Tu as perdu le droit de nous diriger à la seconde où tu as refusé de te salir les mains. Te retirer serait la solution la plus honorable... mais tu n'as pas d'honneur.

———

– Le dîner est prêt, monsieur.

Je passai devant mon majordome comme s'il n'était pas là.

– Voulez-vous le prendre dans la salle à manger ?

Un grand vase était posé sur l'une des tables de l'entrée, une connerie voyante que le décorateur d'intérieur avait choisie pour moi. J'attrapai la table et je la renversai, envoyant le vase s'exploser en mille morceaux sur le sol.

Puis je continuai ma route.

Il ne me reposa pas la question du dîner.

Je montai dans ma chambre, j'enlevai ma veste et la jetai par terre, puis je me dirigeai directement vers mon bar. Je vidai mon verre avant de le jeter contre le mur.

Il se brisa comme le vase.

Mon téléphone vibra. Un appel de Blue.

Je ne répondis pas.

Je pris une douche, je ne me rasai pas, et je retournai dans la chambre avec juste une serviette autour de la taille.

Mon téléphone s'alluma. J'avais quatre appels manqués de Blue.

Ça devait être important. Silas avait probablement rameuté les gars pour me couper la tête ou me chasser de Paris.

Je décrochai.

– Qu'est-ce qu'il y a, Blue ?

– Je viens de recevoir un rapport des gars à Florence. J'ai pensé que ça t'intéresserait.

Dire que je m'inquiétais encore pour elle, après une telle trahison.

– Laura va bien ?

Je détestais poser la question. Je détestais me soucier d'elle.

– Elle va bien. Elle a rendu visite aux siens, sur le domaine familial.

– Est-ce qu'elle reste là-bas ?

– Elle a loué un appartement, donc je dirais oui.

Alors elle allait mettre en œuvre son plan débile.

– Mais il y a autre chose.

– Oui ?

– Elle passe beaucoup de temps avec Victor.

Je me figeai en entendant le nom de ce connard.

– Ils ont dîné ensemble plusieurs fois.

Ma mâchoire était si crispée que je crus que j'allais me péter l'émail des dents.

– Tu as des instructions particulières ?

Tire-lui une balle dans la tête sous les yeux de Laura.

– Non.

– Comment ça s'est passé avec Silas ?

– Il a menacé de me jeter au fond du fleuve.

Blue ne répondit pas.

– Une journée comme une autre, en somme…

―――――

J'entrai dans l'Underground et je me dirigeai directement vers le bureau au fond du bar.

Jérôme eut à peine eu le temps de se tourner et de me regarder que je balançais une liasse de billets sur son bureau.

– Une brune avec des gros seins. Tout de suite.

Il n'arriva pas à détacher ses yeux du cash pendant plusieurs secondes. C'était le prix d'un mois entier de gaudriole, mais je l'avais lâché pour une seule nuit, pour une femme avec une petite chatte magique qui me ferait arrêter de penser à quelqu'un d'autre.

– Donne-moi quelques minutes.

J'attendis au bar, assis seul, la perle rare que j'avais payée.

Trente minutes plus tard, il me présenta une fille qui correspondait à ma description, avec des yeux clairs et un enthousiasme qui semblait authentique. Elle me regardait comme si elle n'arrivait pas à croire qu'elle était payée une fortune pour baiser avec un homme qu'elle aurait probablement baisé gratuitement.

– Je m'appelle Sérénité.

Je ne pris pas la peine de lui dire mon nom.

– Partons d'ici.

―――――

Je l'emmenai à l'hôtel, car je ne voulais pas introduire une odeur étrangère dans mon appartement. Une fois dans la chambre, j'enlevai mon blouson et passai ma chemise par-dessus la tête. Puis je m'installai sur le canapé, les bras étalés sur le dossier.

Sérénité entreprit sa danse nuptiale. Elle effectua un strip-tease en prenant son temps pour dézipper sa robe avant de l'enlever et de dégrafer son soutien-gorge.

Mes yeux étaient rivés sur elle, mais je ne la voyais pas.

Je voyais une autre brune.

Je voyais des yeux à la fois gentils et méchants.

Je voyais une femme qui avait été violée, mais qui refusait de se laisser abattre.

Des flashbacks traversèrent mon esprit. Elle enjamba mes cuisses puis écrasa sa bouche contre la mienne. La douceur de son corps quand je la pénétrai. L'étroitesse délicieuse. La façon dont elle haletait dans mon oreille en pressant ses seins contre mon visage.

Puis d'autres souvenirs me revinrent.

Ses yeux s'ouvrirent et regardèrent les miens, fatigués et reposés à la fois. « Tu es resté. » Puis ce sourire apparut sur son visage, un sourire aussi radieux que le soleil un matin d'été. Sa main se posa sur la mienne, s'arrêtant sur mon pec, juste au-dessus du cœur, comme si elle voulait le sentir battre.

– ça va ?

La voix m'extirpa de ma rêverie. Sérénité était nue devant moi, agenouillée devant ma braguette.

La réalité reprit ses droits. Il faisait nuit. J'étais à sec.

C'était une belle femme, mais rien de ce qu'elle faisait ne me plaisait.

– Non.

– Comment ça, non ? s'étonna-t-elle.

– Non, je ne vais pas bien.

Je me levai du canapé et je remis ma chemise.

– Garde l'argent. Je dois y aller.

12

LAURA

Je viens de partir avec Lucas. Catherine est seule.

Merci Victor.

Je me mis en route pour leur appartement, sachant que j'aurais deux ou trois heures avec ma sœur avant le retour de Lucas. Avoir Victor comme allié me facilitait la vie. Je n'aurais pas été capable de réussir tout cela sans lui.

Le majordome me fit entrer et ma sœur ne chercha pas d'excuses pour ne pas me voir. Au contraire, lorsqu'elle m'aperçut, elle se précipita vers moi.

– Laura, tu vas bien ?

Ses yeux volèrent immédiatement vers mon bras, où l'on pouvait voir l'horrible cicatrice qui me marquerait à vie.

– Ça va.

Je regardai son bras aussi, heureuse de voir qu'il n'était plus en écharpe.

– Et toi ?

– Beaucoup mieux que toi.

Elle leva les yeux et me vit sourire.

– Quoi ?

– C'est agréable de voir que tu te soucies de moi.

Elle baissa les yeux comme si elle était gênée.

– J'étais seulement inquiète après avoir entendu ce qui s'est passé...

Nous nous installâmes au salon. Son majordome nous servit des canapés que nous savourâmes sans nous faire prier.

Nous restâmes silencieuses un moment, comme si nous ne savions pas quoi nous dire.

– Papa était super mal après...

Tu m'étonnes.

– Il m'a présenté ses excuses.

Je ne les aurais jamais acceptées.

– Je n'arrive pas à croire qu'on en soit arrivé là.

Et il n'était pas nécessaire d'en arriver là.

– Tu n'es plus avec ce type ?

Ce type. Il était tellement plus que ce type.

– On a rompu il y a un mois.

– C'est mieux pour toi.

Si Lucas se faisait écraser par un camion, ce serait mieux pour toi.

– Comment ça va avec Lucas ?

– Bien. Super bien.

– Parce qu'il ne t'a pas frappée ce mois-ci ? dis-je sarcastique.

Elle détourna le regard.

Après avoir échappé à la colère de Bartholomé, les hommes de mon père se réjouissaient sans doute de leur victoire, donc Lucas avait d'autres chats à fouetter que de tourmenter ma sœur. J'étais tentée d'éliminer Lucas en même temps que mon père.

– J'ai entendu dire que Victor et toi, vous étiez inséparables.

Ma sœur reporta les yeux sur moi et sonda mon regard.

Victor ne lâcherait pas volontairement ce genre d'info, ce qui signifiait que Lucas lui avait posé la question. Si Victor commençait à en parler, cela paraîtrait suspect, car il n'avait jamais été très loquace, surtout sur sa vie privée.

– Rien de sérieux.

– Vous avez dîné ensemble plusieurs fois.

– Vous nous espionnez ?

Elle détourna rapidement le regard.

Donc, j'étais suivie. Jour et nuit.

– Victor est un homme bien, dit-elle. Je trouve qu'il mérite une autre chance.

– Tu veux dire que je mérite une autre chance ? Parce que c'est lui qui a demandé le divorce.

Elle était trop jeune pour s'en souvenir.

– Je pense que le grand amour mérite toujours une autre chance.

C'est pourquoi elle s'était fait casser le bras. Et qui sait combien de coquards à l'œil elle avait eus.

– Victor est un homme meilleur que Lucas. Et papa l'a toujours apprécié.

Parce qu'il obéit à ses ordres comme un petit toutou.

– Tu penses... que vous allez vous remettre ensemble ?

– J'en sais rien, Catherine. Je sors à peine d'une relation.

– Il y a un mois, dit-elle. Ça fait longtemps.

Ce mois avait passé en un clin d'œil. J'avais l'impression que c'était hier quand je m'étais réveillée à l'hôpital avec Bartholomé à mon chevet. Que c'était hier encore quand nous nous étions retrouvés dans une chambre d'hôtel à Paris, nos corps en sueur soudés l'un à l'autre. Quand il m'avait dit qu'il couchait ailleurs, je ne l'avais pas cru... ou je n'avais pas voulu le croire. Mais après notre dernière conversation, je me demandais s'il n'avait pas tourné la page.

Je ne voulais pas y penser.

– Et il t'a menti, dit Catherine. Il s'est servi de toi depuis le début. Tu ne lui dois rien.

Même si c'était vrai, mon cœur continuait de saigner.

– Victor est beau, musclé, riche, et papa l'aime bien…

– Tu insistes vraiment pour nous maquer, hein ?

– Ce serait le rêve. On pourrait redevenir une famille unie. Je sais que rien ne rendrait papa plus heureux.

Oui, m'avoir à sa merci lui apporterait une grande joie.

– Victor prétend que vous avez eu un mariage heureux.

C'était il y a si longtemps que je m'en souvenais à peine, mais oui, nous avions été heureux. Si je n'avais pas été violée, on serait probablement toujours ensemble, à la veille de fêter nos neuf ans de mariage, avec deux petits bouts à la maison.

– Catherine ?

– Oui ?

– Comment tu réagirais si Victor me frappait ?

Elle blêmit.

– Tu penserais quoi si tu savais qu'il m'a cassé le bras ?

– C'est pas juste…

– C'est juste, Catherine. Tu ne te soucies peut-être pas assez de ton bien-être, alors imaginer que ça arrive à quelqu'un que tu aimes t'aidera à comprendre. Tu n'as pas d'enfants ; tu pourrais partir facilement.

– Facilement ? Si jamais je partais, je perdrais tout.

– Et l'argent est plus important que le bonheur ?

– Laura, l'argent *est* le bonheur.

C'était les seules choses qui comptaient pour ma famille. L'argent et le pouvoir. Si quelqu'un menaçait l'un ou l'autre, ils feraient tout pour les protéger. Littéralement.

– Le bonheur, c'est de vivre une vie qui n'est pas axée autour de la richesse. Le bonheur, c'est être en paix avec le destin qui t'attend, quel qu'il soit. Ta joie dépend d'un élément extérieur à toi, ce qui signifie que tu en es prisonnière. Donc tu ne seras jamais vraiment heureuse.

———

Victor était assis en face de moi dans le restaurant, vêtu d'une chemise qui épousait ses bras musclés. Il s'était rasé le matin même, ce qui faisait ressortir sa mâchoire carrée. Avant, je pensais qu'il était l'homme le plus beau que j'avais jamais vu, mais maintenant, il arrivait en deuxième position.

Les coudes sur la table, il tenait la fourchette dans une main, le couteau dans l'autre.

– Tu n'as pas faim ?

– Pas tellement.

– Ça s'est mal passé avec Catherine ?

– Elle a subi un lavage de cerveau.

– Je vais faire tout mon possible pour que Lucas se comporte bien avec elle.

– C'est gentil, mais ce n'est pas ton rôle. Catherine devrait le quitter.

– Catherine n'a jamais rien connu en dehors du monde de son père. Ça ne me surprend pas.

– Et il l'a gardée sous sa coupe à dessein.

Il aimait tout contrôler. Y compris les personnes.

Victor avala quelques bouchées qu'il fit descendre avec du vin rouge.

– Catherine m'a dit qu'on me surveille.

– Je m'en doutais un peu.

– Ils te surveillent aussi ?

– Je ne pense pas. Leonardo sait que j'ai essayé de me rabibocher avec toi bien avant que les emmerdes arrivent. Je suis sûr qu'il croit que je te saute dessus parce que tu es de nouveau disponible.

Je baissai les yeux vers mon assiette, ses paroles me mettant mal à l'aise.

– Comment va ta mère ?

– Elle ne change pas. Elle dépose toujours des bons petits plats chez moi toutes les semaines.

– Ne te demande pas pourquoi je n'ai jamais cuisiné pour toi.

Il haussa les épaules.

– Elle est contrariée que je sois célibataire. Elle se fait du souci pour moi.

– Et ton père ?

Il ferma les yeux brièvement.

– Il est décédé il y a quelques années.

Mon cœur se serra, car j'aimais beaucoup ses parents. C'était des gens bien.

– Je suis désolée, Victor.

– Les années passent et mon chagrin s'apaise... mais pas tant que ça.

– Si ça peut t'aider... je sais ce que tu ressens.

Il me regarda dans les yeux.

– Je sais... et je le regrette profondément.

Le silence s'étira entre nous. Il dura une éternité, aucun de nous ne sachant quoi dire.

Puis il reprit la parole.

– Ton père organise une grande réception le week-end prochain. Je pense que tu devrais venir avec moi.

– Tu crois ?

– Il faut que tu commences à passer du temps avec lui pour que ton plan fonctionne.

C'était ironique. Je voulais gagner sa confiance et son affection, mais je n'avais pas envie de passer du temps avec lui.

– Sans doute.

– Et ce sera l'occasion pour lui de nous voir ensemble au lieu de nous espionner.

– Ouais...

– Alors tu acceptes ?

– Pourquoi pas.

Je vérifiai mon look dans le miroir en pied. Une petite robe noire avec les boucles d'oreille en diamant de ma mère. Des talons aiguilles qui me faisaient mal aux pieds depuis que je les avais chaussés. On toqua à ma porte. Je me sentais nauséeuse.

Beaucoup de choses me rendaient malade.

Quand Victor me vit, il promena ses yeux sur mon corps comme s'il ne pouvait pas résister à la tentation. Il était en costume. Il avait toujours été beau en costume. Il ne dit pas un mot tandis que nous quittions l'appartement pour rejoindre sa voiture en bas. Nous fîmes le trajet en silence.

Mon téléphone était dans ma pochette. J'avais un goût de bile dans la bouche.

Nous arrivâmes à la réception, le voiturier s'occupa de la berline, et nous entrâmes dans le bâtiment.

La main de Victor atterrit au bas de mon dos.

Je sursautai quand il me toucha.

Il croisa mon regard.

– Tu veux bien ?

Personne ne m'avait touchée depuis Bartholomé. Même si c'était un geste anodin, j'avais l'impression de le tromper. J'acquiesçai d'un battement de cils.

La réception avait lieu au Tuscan Rose, un hôtel particulier appartenant à de vieux amis de la famille. La salle de bal était richement décorée d'or et de fleurs fraîches. Mon père aimait étaler sa fortune lors de ces fêtes chics qui ne lui procuraient aucun plaisir. Il préférait impressionner les gens qu'il n'aimait pas plutôt que d'avoir des relations authentiques avec ceux qu'il aimait. Je n'étais pas psychologue, mais pour moi, ce type avait tout d'un sociopathe.

Victor m'offrit une flûte de champagne puis il reposa la main au creux de mes reins.

J'avais l'impression d'être revenue à l'époque où j'étais l'épouse de Victor et la fille du Skull King.

Tout le monde nous regardait. Les membres de ma propre famille m'observaient depuis l'autre bout de la salle comme une créature d'une espèce jusque-là inconnue. Ils étaient assez curieux pour me lorgner, mais pas assez intéressés pour me parler.

– Ces soirées ne me manquent pas.

Victor avala une gorgée de champagne et me regarda.

– Moi, si.

– Tu aimes les pince-fesses ?

– Non, mais j'aime être avec toi.

Sa réponse me prit au dépourvu. J'ignorais quoi dire et je n'étais pas sûre de pouvoir le regarder.

– Ma compagnie n'est pourtant pas très agréable.

– Pourquoi ?

– Eh bien, je suis une femme amère et en colère...

Il sourit.

– Je suppose que j'aime la colère et l'amertume, dit-il avant de remarquer mon verre vide. Je vais te chercher une autre coupe.

Il s'éloigna comme s'il voulait me laisser reprendre mes esprits après son effusion d'affection inattendue.

Je restai seule, trop coincée pour me mêler à des gens qui ne m'appréciaient pas.

– Tu es magnifique, Laura.

Je me retournai et croisai le regard de mon père. Chaque fois que je me retrouvais face à lui, j'avais envie de l'étrangler. Je fantasmais de le voir à genoux, me suppliant en sanglotant de lui laisser la vie sauve. Ma soif de sang était si puissante que je faillis briser la flûte dans ma main.

– Merci, Leonardo.

Ses yeux exprimèrent sa déception.

– Jolie fête.

– Merci. J'ai l'impression que tout le monde passe un bon moment.

Pas tout le monde.

– Les croustillants au carpaccio sont excellents. J'en ai déjà mangé cinq.

– Je n'ai pas encore eu le temps de les goûter.

– Et la tarte au brie. Très bonne, aussi.

Il sourit.

– Tu as toujours aimé la gastronomie.

Ouais. Mes sept kilos en trop le prouvaient.

– J'apprécie ce qu'il y a de meilleur dans la vie.

– Tu dois tenir ça de moi.

Je ne tiens rien de toi.

– Peut-être.

Victor revint et me tendit une flûte pleine et posa celle, vide, que je tenais jusque-là sur le plateau d'un serveur.

– Très belle réception, monsieur, dit-il. C'est agréable d'avoir la soirée de libre.

– Eh bien, tu as mérité un peu de détente.

Mon père le saisit par l'épaule et le serra comme s'il était le fils qu'il n'avait jamais eu.

– Tu es un homme bien, Victor.

– Merci, monsieur.

Mon père nous lança un dernier regard avant de s'éloigner. Il rejoignit un groupe d'invités et enlaça d'un bras la taille d'une femme plus jeune que moi. Mon dégoût pour lui s'accrut.

– Je pense qu'il y croit, dis-je à Victor.

– Moi aussi. Ta froideur fait paraître l'histoire vraie.

Il but du champagne. C'était agréable de ne pas être complètement fausse.

– J'ai une idée, dit-il.

– Oui ?

– Elle ne va pas te plaire.

– Alors pourquoi tu la proposes ?

– Parce que ça va marcher.

– Très bien, je suis tout ouïe.

Je me déplaçai face à Victor, me préparant à entendre une machination complexe.

Il soutint mon regard.

– On se fiance.

Mon cœur bondit.

– C'est exactement ce qu'il voudrait. Tu te rapprocherais de la famille et tu serais loyale envers moi — donc envers lui. Il baisserait encore plus la garde et tu pourrais alors lui planter tes crocs dans la gorge. Fais-lui croire qu'il a vraiment retrouvé sa fille.

– Ce serait louche qu'on se fiance si vite.

– On attendra quelques semaines. Laisse-les me voir passer la nuit dans ton appartement.

– Si on fait ça, tu dors sur le canapé.

Je surpris une lueur de déception, qu'il ne parvint pas à masquer.

– Entendu.

C'était une bonne idée, même si personnellement, elle me déplaisait.

– Très bien.

―――――

Quelques jours plus tard, nous sortîmes dîner au restaurant — puis rentrâmes chez moi.

Quand mon père nous observait, il croyait voir l'amour se raviver entre deux êtres, mais en réalité, il voyait deux personnes qui prévoyaient de l'assassiner. C'était agréable de tirer les ficelles, même s'il n'en savait rien.

Je louais un petit appartement que j'avais trouvé en ligne. Le propriétaire était en vacances pour l'été, et il avait décidé de le louer à quelqu'un pour toucher un revenu supplémentaire. Ce quelqu'un, c'était moi. Il y avait une chambre, un salon avec une table à manger et une petite cuisine. Il était plus grand que mon appartement à Paris, ce qui constituait une amélioration, surtout que je le payais des clopinettes par rapport à mon loyer parisien.

Victor entra, jeta un rapide coup d'œil autour de lui et hocha la tête.

– Bel endroit.

Lorsque nous étions mariés, nous vivions dans un magnifique duplex avec une grande salle à manger pour les réceptions. C'était modeste comparé au domaine de mon père, mais c'était quand même un appartement de rêve pour la plupart des gens. Nous l'avions vendu et nous étions partagé la somme. Je parie que Victor avait emménagé dans un autre appartement encore plus beau que le précédent.

Nous nous assîmes sur le canapé.

Je ne savais pas trop comment l'occuper maintenant que le dîner était fini. C'était bizarre d'être seule avec lui dans l'intimité de mon appartement. S'il était Bartholomé, nous serions déjà à poil dans un lit, mon visage écrasé dans l'oreiller et mon cul fièrement en l'air.

Il fallait vraiment que j'arrête de penser à lui.

Je ramassai la télécommande et allumai la télé.

– Tu veux du vin ?

Il opina.

– Avec plaisir.

J'ouvris une bouteille et nous picolâmes en regardant la télé sans parler. Deux ou trois heures plus tard, il était temps de se coucher. J'allai chercher une couverture et un oreiller dans le placard et je les jetai sur le canapé.

– Bonne nuit.

Victor se déchaussa, puis se leva et retira sa chemise par le haut. Il déboutonna son jean.

– Oh là, qu'est-ce que tu fais ?

Il s'immobilisa et me regarda, le corps musclé et ciselé, mais pas aussi baraqué que Bartholomé.

– Il fait trop chaud, Laura.

Il continua de déboutonner son jean, puis il le retira.

– Euh... bonne nuit.

Je me réfugiai dans ma chambre, je verrouillai la porte et je m'endormis.

13

BARTHOLOMÉ

Le bar était vide à l'exception de Benton et moi.

Il m'avait convié à venir chez lui, mais je ne voulais pas me rendre dans sa résidence, pas quand mes hommes n'étaient plus dignes de confiance. Un couteau pouvait s'enfoncer dans mon dos à tout moment, et avoir des yeux derrière la tête ne me permettrait de rester en vie qu'un certain temps.

Benton avait dû dire un truc que je n'avais pas entendu, car il m'interpella.

– Bartholomé ?

Je me tournai vers lui.

– Ouais ?

– Je te disais que Constance a accouché.

– Oh… félicitations.

Je levai mon verre pour trinquer à la santé du bébé.

Benton m'étudia de ses yeux bleu clair, les mêmes iris que son frère.

– Qu'est-ce qui s'est passé ?

– Ce qui s'est passé ? répétai-je en fixant les glaçons cubiques au fond du verre. Mes propres hommes veulent me tuer… et Laura couche avec son ex, un gros nullard. Voilà ce qui s'est passé.

– Comment tu le sais ?

– Je la fais suivre.

– Tu trouves que c'est sain ?

– Je l'ai fait pour la protéger. Je ne m'attendais pas à ce qu'elle rempile avec cet enfoiré.

– Tu ne peux pas savoir s'ils couchent ensemble.

– Il est entré dans son appart à dix heures du soir et il est resté jusqu'au matin. Je pense que c'est assez clair.

Je balançai mon verre contre le mur et je trouvai une certaine satisfaction dans la façon dont il se brisa.

Le barman me resservit aussitôt un verre.

Combien de minutes s'écouleraient avant que je le brise aussi ?

Heureusement que le bar m'appartenait.

– C'est toi qui as rompu avec elle, Bartholomé.

– Pas de gaieté de cœur.

– Ça va faire un mois…

– Tu me vois baiser à droite à gauche ?

J'avalai une rasade.

– Tu lui as dit que tu le faisais.

– Elle ne m'a pas cru.

– Peut-être qu'elle te croit maintenant.

Je fixai mon verre, observant la couleur ambrée qui tournoyait autour des glaçons translucides.

– Tu ne devrais pas parier si tu ne sais pas perdre.

– C'est ta façon de me remonter le moral ? demandai-je froidement. Tu rejettes tous les torts sur moi ?

– Je te parle franchement, Bartholomé. Comme je le fais toujours.

J'appuyai le verre contre ma tempe pour anesthésier par le froid ma migraine et ma rage.

– Je suis vraiment dans la merde, mon vieux.

– Tu dois tuer Silas.

– Si je fais ça, ils se retourneront tous contre moi.

– Alors il faut que tu trouves un compromis.

– Je suis quasiment sûr que Silas n'en veut pas. Il avance ses pièces sur l'échiquier et je me bats pour protéger ma reine.

– Alors, entoure-toi de ceux en qui tu peux avoir confiance.

Je laissai le verre sur ma tempe.

– Tu sais le plus triste ? Je ne suis pas sûr de savoir en qui je peux avoir confiance.

Je regardai mon visage creusé dans la glace derrière le bar, mes yeux enfoncés dans leur orbite. En un mois, j'avais pris dix ans dans la tronche.

– Tu as tout abandonné pour elle. Et tu ne veux plus d'elle ?

Je posai le verre.

– Éloigne-toi des Chasseurs. Retrouve ta femme. Sois heureux.

– Il n'y a pas d'échappatoire. Ils me traqueront — et je ne veux surtout pas que Laura soit avec moi quand ils me retrouveront.

Je renversai la tête et je descendis mon verre cul sec. Le scotch était un antalgique plus efficace que n'importe quelle pilule.

– Et je n'ai pas confiance en elle, ajoutai-je.

– Tu l'as mise face à un choix impossible...

– Ça n'a pas d'importance.

– Si ça n'a pas d'importance, pourquoi ça te contrarie qu'elle couche avec un autre homme ? Pourquoi tu as besoin de noyer ton chagrin dans l'alcool ?

Je fis tourner lentement le verre, imprimant des cercles humides sur le comptoir.

– Parce que c'était vrai... chaque instant... chaque nuit... tout était vrai.

14

LAURA

Mon père avait fait un don généreux à l'église catholique la plus importante de Florence, ce qui avait donné lieu à une fête somptueuse et inutile. Je parlais à peine à mon père. Nos interactions étaient toujours subtiles, comme un signe de la tête depuis l'autre bout de la salle, peut-être une main sur l'épaule — mais c'est tout.

Je savais que je devais en faire plus si je voulais mettre mon plan à exécution.

Victor revint vers moi, une flûte de champagne à la main.

Un alcool que Bartholomé ne boirait jamais. Ce type ne consommait que de l'eau et du scotch — et parfois du vin.

Victor posa la main sur ma taille.

– On ne s'est jamais embrassés en public.

Je croisai son regard, y voyant de l'optimisme.

– Je crois que dormir chez moi suffit.

Il ne cacha pas sa déception.

– J'ai demandé la permission de ton père.

Mon cœur chavira ; les choses se concrétisaient.

– Qu'est-ce qu'il a dit ?

– Il ne me l'a pas accordée.

Je fronçai les sourcils, perplexe.

– Quoi ?

– Il a dit que tu étais une adulte et que je n'avais pas besoin de sa permission.

Il ne donnait plus dans le patriarcat et les conneries misogynes ? Il n'avait plus ce sentiment tordu que je lui appartenais ?

– Mais il espère que tu diras oui.

– Je ne m'y serais jamais attendue.

– Moi non plus, dit-il avant de finir son champagne et de poser le verre vide sur le plateau d'un serveur au passage. On se tire d'ici ?

Nous sortîmes de l'immeuble situé devant la majestueuse église, là où nous nous étions mariés. Au lieu d'appeler son chauffeur pour qu'il vienne nous chercher, Victor me prit par la main et nous traversâmes la rue jusqu'à l'entrée de l'église.

– Qu'est-ce qu'on fait ?

– Je veux te montrer quelque chose.

Il poussa la porte, et même si nous étions en dehors des heures d'ouverture, elle n'était pas verrouillée.

Nous entrâmes dans l'église entourée de sculptures vieilles de plusieurs siècles. Quand nous nous avançâmes dans l'allée, je vis une mer de bougies et des pétales de rose blancs éparpillés sur le sol.

Puis Victor mit un genou à terre.

La dernière chose à laquelle je m'attendais.

Il ouvrit l'écrin contenant une bague — la même bague qu'il m'avait donnée il y a dix ans.

– L'amour mérite toujours une deuxième chance. Veux-tu m'épouser — encore ?

– Victor...

J'ignorais quoi dire. Notre deal était que les fiançailles seraient fausses, mais il rendait la situation aussi réelle que la première fois qu'il m'avait fait sa demande.

– J'ai dit que je songerais à te donner une chance quand je serai prête, mais...

Il me glissa la bague à l'annulaire sans attendre ma réponse et se releva.

– Et sache que je serai prêt dès que tu le seras.

―――――

On toqua à la porte.

J'étais seule dans mon appartement, je venais de finir de déjeuner et je me vernissais les orteils sur le canapé. Ça ne pouvait pas être Victor, car il me textait toujours avant de débarquer. Une autre option me vint à l'esprit, mais nous ne nous étions pas parlé depuis des semaines, et je savais que c'était impossible.

J'ouvris la porte — et je me retrouvai devant *lui*.

Mon père.

Prise de court, je n'arrivai pas à rester impassible en regardant mon ennemi en face. Je lâchai les premiers mots qui me vinrent.

– Qu'est-ce… qu'est-ce que tu fais ici ?

– Je peux entrer ?

Je ne m'attendais pas à avoir de la visite, et encore moins à le voir.

– Euh… D'accord.

Mon père entra, balaya mon petit appartement des yeux avec indifférence, puis il s'assit sur l'une des chaises de la table à manger.

Il devait trouver que je vivais dans un taudis.

Je m'assis en face de lui sans lui offrir d'eau ou de vin. J'étais encore sous le choc de sa visite.

Il joignit les mains sur la table et me sourit faiblement.

Je ne me rappelais pas la dernière fois que je l'avais vu sourire.

– Alors… qu'est-ce que tu fais ici ? répétai-je.

– Victor m'a annoncé la nouvelle.

Il jeta un coup d'œil à ma main gauche, où mon solitaire était visible.

Je revenais tout juste de déjeuner et j'avais enfilé la bague avant de sortir. Sinon, je ne la porterais pas en ce moment. Je ne portais pas une fausse bague de fiançailles pour le plaisir.

– Je voulais te féliciter.

– Eh bien… merci.

– Et m'assurer que c'est ce que tu veux réellement.

Ma peau picota.

– Victor m'a dit que Bartholomé t'a fait beaucoup de mal.

Je n'arrivais pas à croire que j'avais cette conversation avec mon père. Même si nous étions encore en bons termes, ce serait étrange.

– Je ne veux pas parler de lui.

J'avais mal rien qu'à y penser. Mon esprit divaguait et je me demandais avec qui il couchait maintenant et s'il m'avait carrément oubliée.

– Victor doit te sembler une solution rassurante après cette relation.

– Tu crois que Victor est un lot de consolation ?

– Ce sont tes mots. Pas les miens. Mais en vérité, je ne crois pas que Victor en ait quelque chose à cirer. Il prendra tout ce que tu es prête à lui offrir.

Il était là pour me faire culpabiliser ?

– Tu crois que je ne suis pas assez bien pour lui ?

– Je ne veux juste pas que tu te sentes pressée de te caser seulement parce que tu as le cœur brisé.

J'étais seulement pressée de tuer cet enfoiré.

– Si l'incident n'était pas arrivé, je crois que Victor et moi, ça aurait fonctionné.

– Moi aussi.

– Et retourner vers lui m'a fait réaliser ce que la vie nous a enlevé.

Il opina.

– L'amour mérite toujours une deuxième chance.

– En effet, dit-il en me fixant attentivement, comme si ses mots en disaient bien plus long. L'amour mérite toujours une deuxième chance.

———

Les bras chargés de courses, je montai les marches jusqu'à mon palier. Une fois devant ma porte, je fouillai dans mon sac à main à la recherche de mes clés, les sangles des cabas me sciant le creux du coude. J'utilisai un genou pour alléger la charge, mais une partie du contenu se renversa, envoyant les oranges rouler par terre.

– Bon sang, râlai-je.

Je finis par déverrouiller la porte et l'ouvrir avant de ramasser les dégâts. Trois œufs étaient cassés, mais le reste était pratiquement intact.

Je portai les sacs à la cuisine et je rangeai mes courses, sauf les trois œufs dont le jaune avait imprégné le tissu d'un des sacs. Je le balançai dans le panier à linge, puis je me lavai les mains.

Je me rendis ensuite au salon — et je faillis faire une crise cardiaque.

Les rideaux de la fenêtre avaient été tirés, pas par moi, et un homme était assis dans l'obscurité.

Mes yeux mirent un moment à s'adapter. À reconnaître le regard qui me brûlait la peau avec la chaleur du magma en fusion. Mon cœur battait tellement fort que mes poumons n'arrivaient pas à fournir, et je me sentais faiblir.

Il ne portait pas son blouson en cuir, car il faisait trop chaud pour autre chose qu'un t-shirt noir. Il portait aussi un jean sombre, et je distinguais ses sempiternelles bottes militaires, car sa cheville reposait sur le genou opposé. Il avait le coude sur l'accoudoir et le menton appuyé sur le poing.

J'étais muette.

Les secondes s'écoulèrent et nous restâmes silencieux, à nous observer dans la pénombre.

Je ne trouvais toujours rien à dire.

Il se leva, ses bottes résonnant contre le parquet alors qu'il s'avançait, ses traits se dessinant dans la lumière de la cuisine derrière moi. Je distinguai enfin son visage — et je ne l'avais jamais vu aussi fâché de ma vie.

– Six semaines. C'est tout ce que ça t'a pris pour m'oublier. *Six foutues semaines*.

J'étais tellement surprise de le voir que je n'avais pas eu le temps de réfléchir à la raison de sa visite.

– C'est un lâche, Laura. Un putain de lâche.

Je respirais fort, toujours troublée par son embuscade.

– Tu penses que la deuxième fois sera différente de la première ? Je n'étais pas assez bien pour toi, mais ce trouduc l'est ?

Je mis quelques instants à retrouver ma contenance, à contenir le hurlement de mon cœur.

– T'as un sacré culot, Bartholomé.

Il fit un pas vers moi, ses sourcils sombres se fronçant.

– *J'ai* du culot ?

– Tu m'as larguée, au cas où t'as oublié. Qu'est-ce que ça peut te faire ?

– Non, *tu* m'as largué, s'emporta-t-il. Ne réécris pas l'histoire. T'es juste revenue vers moi quand t'as réalisé que t'avais fait une erreur. Ne me fais pas passer pour le méchant de l'histoire. Je ne vais pas me contenter d'une femme qui ne me mérite pas. Tu te fourres le doigt dans l'œil si tu penses qu'il peut te rendre heureuse. Si tu penses qu'il peut te faire jouir comme moi.

Il ne gueulait pas, mais il n'était pas calme non plus. À chaque mot, il semblait se faire violence pour contenir sa rage. Tout son corps tremblait, trahissant l'ampleur de sa fureur.

– Bartholomé, qu'est-ce que tu fais ici ?

Ses yeux se plissèrent.

– Tu ne veux pas de moi, alors qu'est-ce que tu fous ici ? dis-je, criant cette fois. Je t'ai imploré de me donner une autre chance. Je ne sais plus combien de fois je me suis excusée pour mon erreur. La réponse était non. Encore et encore. Alors qu'est-ce que ça peut te faire si je veux épouser Victor ?

Il ne dit rien, mais les flammes dansaient dans son regard. Je semblais le fâcher davantage chaque fois que j'ouvrais la bouche, comme si tous les mots qui en sortaient jetaient de l'huile sur le feu de sa rage.

– J'ai peut-être mis fin à notre histoire, mais c'est toi qui as porté le coup de grâce, conclus-je.

– Pas parce que je le voulais...

– Mais tu as...

– Parce que j'étais furax. Furax d'avoir tout risqué pour une femme qui ne ferait pas la même chose pour moi. Tu m'as fait mal, et je ne le dis pas à la légère. Je n'avoue ces choses-là à personne, grogna-t-il en se frappant la poitrine comme un homme des cavernes. Mais tu m'as brisé, putain.

Il ne m'avait jamais rien dit d'aussi blessant.

– Tu m'as brisée aussi, Bartholomé.

– Je ne t'ai jamais trahie...

– Mais ton départ m'a anéantie.

– Ah bon ? T'as pourtant l'air de te porter à merveille.

Il jeta un coup d'œil à la bague à ma main gauche, une bague que j'avais portée pendant deux ans. Lorsqu'il releva les yeux, la méchanceté y brillait de nouveau.

Je l'arrachai de mon annulaire et je la posai sur la table à manger.

– Ça ne veut rien dire.

Il fronça les sourcils.

– Victor et moi, on manigance un plan pour éliminer mon père. Les fiançailles en font partie, c'est tout.

Il resta immobile, à croire qu'il ne comprenait pas encore le sens de mes mots.

– On ne se fréquente pas. On est juste... amis, j'imagine.

La colère mit un moment à se dissiper, à desserrer son emprise sur les traits de Bartholomé. Lentement, il cessa de trembler, et les veines saillantes se résorbèrent. Il rengaina sa rage, mais un soupçon de furie continua de briller dans ses yeux.

– Tu peux partir maintenant.

Il remit mes mots en question d'un seul regard.

– Tu ne veux pas de moi, mais tu ne veux pas qu'un autre soit avec moi.

Il avait les bras aux flancs, les veines les zébrant comme des rivières. Il fit un pas en avant, ses yeux bruns absorbant mon âme.

– J'ai toujours voulu de toi, ma chérie. Ça n'a jamais été le problème.

Ma respiration s'approfondit, et je tentai de le dissimuler en croisant les bras.

Il s'approcha, réduisant de plus en plus la distance entre nous. Il était si proche maintenant que je sentais son odeur. L'odeur de ses draps contre mon visage lorsque je me réveillais le matin. La fumée de ses cigares, les effluves de son scotch. Un frisson me parcourut l'échine.

Il pencha la tête, et je sus que j'allais m'effondrer s'il m'embrassait.

Alors je m'écartai.

– Je ne peux pas...

J'évitai le contact visuel le plus longtemps possible, mettant quelques instants à puiser la force de croiser de nouveau son regard.

Son regard furieux.

– Si je n'avais pas averti mon père, tu l'aurais tué... et ça nous aurait détruits.

– Tu veux toi-même sa mort.

– Mais je ne l'aurais jamais su si ça n'était pas arrivé.

Il soutint mon regard, le désir brûlant dans ses yeux.

– Je ne peux pas te perdre encore une fois. Ça a été tellement difficile... dis-je, les larmes me montant aux yeux ; je m'assurai de ne pas les laisser couler. Il n'existe pas de scénario dans lequel ça peut marcher entre nous. C'est... c'est juste impossible.

Il glissa la main dans mes cheveux, s'arrêtant sur ma nuque. Puis il les empoigna comme les rênes d'un cheval et tira ma tête en arrière pour me forcer à le regarder en face. Il sonda mon regard, semblant vouloir unir nos âmes.

– Mais cette fois, ça va marcher.

Sa bouche se scella sur la mienne et il me donna le baiser le plus tendre du monde. C'était une rencontre inédite de nos lèvres, le calme avant la tempête. Il aspira ma lèvre inférieure entre ses dents et la mordilla avant d'incliner la tête et d'intensifier le baiser, sa main me soutenant l'arrière de la tête.

Mon corps prit aussitôt vie, comprenant que c'était réel et non un fantasme que j'imaginais en glissant les doigts dans ma petite culotte. Ma bouche répondit alors que le feu m'embrasait, et je me délectai du goût de sa bouche, savourant la façon dont sa barbe courte m'égratignait le menton alors que nous penchions la tête d'un côté et de l'autre en nous entredévorant. J'avais l'impression de remonter dans le temps. J'étais de retour dans la chambre d'hôtel, sur le point de me faire complètement anéantir par lui dans le lit.

Je m'emparai de son t-shirt, lui arrachant par la tête, puis mes doigts sentirent sa peau torride. Ils se souvenaient parfaitement de lui, de l'ondulation de ses muscles, de sa poitrine dure comme le marbre surplombant ses abdominaux ciselés. J'explorai la musculature de ses bras et de ses épaules comme une sculptrice façonnant l'argile pour créer un soldat romain.

Mes mains trouvèrent ensuite son jean, mues par l'avidité de sentir sa queue en moi.

Il envoya valser ses bottes, et je baissai son jean à ses genoux. Son caleçon partit dans la foulée, et son imposant chibre zébré de veines fut libéré. Il ne me laissa pas la chance de l'admirer, car il m'arracha mes fringues avec encore plus d'empressement que je venais de démontrer.

Tout s'envola, mes chaussures balancées dans un coin, ma petite culotte à terre, mon soutif atterrissant parfaitement sur le bras d'un des fauteuils.

Il m'entraîna jusqu'au lit, et notre poids collectif fit ployer le vieux matelas. Mes cuisses étaient déjà ouvertes et enroulées autour de ses hanches. J'enfonçai les ongles dans sa chair et je l'attirai vers moi, avide de sentir son sexe m'étirer les chairs comme au bon vieux temps.

Mais il hésita.

Il se recula.

Je croisai les chevilles et le retins en place.

– Je n'ai pas couché avec lui.

Il soutint mon regard, la peau rougie par l'excitation, les yeux sulfureux de désir.

– Et je sais que tu n'as couché avec personne non plus.

Je ne croyais pas un mot de ses mensonges. Il avait seulement voulu me faire du mal — et ça n'avait pas marché.

Il revint vers moi, guidant son gland vers ma fente, puis il sombra.

– Oh mon Dieu…

Mes ongles lui labourèrent le dos alors que je sentais chaque centimètre de son vit s'enfoncer en moi.

– Bartholomé…

Je le sentais palpiter. Il bandait encore plus dur que dans mon souvenir.

Il passa le bras derrière mon genou et m'écarta de plus belle. Il se pencha vers moi, son visage au-dessus du mien, et me pénétra de longs coups de reins réguliers et profonds, sa peau chaude me frottant le clito encore et encore.

J'y étais presque. Prête à m'enflammer. Je plantai les ongles dans ses fesses et je le poussai plus loin en moi. La mèche était allumée, l'explosion était imminente.

– Oui...

J'avais un peu honte de jouir aussi vite, mais sentir sa bite au lieu de mes doigts faisait toute la différence. Le voir me posséder de ses yeux intenses m'envoyait dans le précipice à tous les coups. Mon orgasme fut si puissant que mes gémissements se transformèrent en pleurs. Les digues qui retenaient mes larmes plus tôt cédèrent, et des rivières me strièrent librement les joues. Mon corps était si hors de contrôle que j'enfonçai les dents dans son épaule pour m'ancrer à lui. Mes hanches s'arcboutèrent. Mon sexe étrangla le sien d'une prise de fer.

Comment avais-je pu survivre à six semaines sans lui ?

J'avais les ongles plantés dans la chair de son dos et la bouche contre son oreille.

– Te sentir jouir en moi m'a manqué...

Un tremblement lui parcourut le corps, un frisson que je sentis sous mes doigts. Ses coups de reins s'approfondirent et il m'agrippa le cou, m'écrasant dans le matelas en me fixant, ses yeux attirant les miens comme des aimants. Il pressa le pouce contre ma lèvre inférieure en accélérant les coups de bassin, me défonçant la chatte comme un marathonien à l'approche de la ligne d'arrivée.

Il jouit dans un grognement sexy et viril, ses traits durs se raidissant davantage alors qu'il déchargeait en moi.

– T'en veux encore, chérie ?

J'attirai ses lèvres vers les miennes et je l'embrassai, le sentant déjà bander.

– S'il te plaît...

———

Je préparai le dîner dans la cuisine, un repas pour deux personnes au lieu d'une, puis je portai les assiettes à la table à manger.

Bartholomé était torse nu, dans son caleçon noir, les cheveux en bataille après nos ébats. Les rideaux étaient toujours tirés, nous empêchant de profiter des lumières de la ville. Il me regarda le servir, les yeux sur moi et non sur l'assiette.

Je m'assis en face de lui, vêtue de son t-shirt comme quand nous étions chez moi à Paris. Le dîner était banal, du poulet grillé avec du riz et des légumes, mais j'essayais d'éviter de me nourrir de pain et de pâtes à tous les repas.

Il mangea les coudes sur la table, sans manières, en homme typique.

Je le regardais.

Il me regardait.

Il était là depuis cet après-midi, mais je me croyais encore dans un rêve.

Un rêve érotique.

Nous partageâmes une bouteille de vin, et malgré notre séparation de plusieurs semaines, nous n'avions rien à nous dire.

J'étais juste heureuse d'être avec lui. Heureuse à la folie.

Il ne fit pas de compliments sur ma cuisine. Il ne la goûtait sans doute même pas, sa langue encore imprégnée de ma cyprine.

Une fois le dîner terminé, nous nous regardâmes dans les yeux.

Je bus mon vin, admirant le plus bel homme que je n'avais jamais vu. Dur. Ciselé. Intense.

Et il m'appartenait.

Je me demandais s'il songeait à la même chose que moi.

– Je vais le dire à Victor demain matin, déclarai-je.

Je me sentais mal de l'utiliser en sachant que je ne pourrais pas tenir ma parole dans notre entente. Il mettrait sans doute fin à notre arrangement, mais je trouverais une autre façon d'accomplir mon but.

– Dis-moi tout ce qui s'est passé avec lui.

Il était sérieux maintenant, le caïd de la drogue.

– Du genre, notre plan ?

– Oui. Depuis le début.

– Eh ben, j'ai d'abord parlé à mon père. Je lui ai dit à quel point je souffrais. Il a mentionné qu'il avait remarqué la façon dont Victor me regardait, et ça m'a donné une idée. J'ai demandé à Victor s'il voulait m'aider à détruire Leonardo, et il a accepté. Pas seulement parce que je lui demandais, mais aussi parce qu'il lui en voulait de m'avoir traitée comme il l'a fait.

– Mais à une seule condition.

– Oui. Que je lui donne une autre chance... quand je serai prête à le faire.

Bartholomé me fixait de son visage de pierre habituel.

– Et tu as accepté sincèrement ?

– J'imagine.

J'étais si désespérée d'accomplir mon but que j'aurais vendu mon âme au diable.

– Tu as encore des sentiments pour lui.

Il parlait d'une voix calme, la présomption ne semblant pas l'enrager.

– Pas comme j'en ai pour toi.

Son expression ne changea pas, comme si ma réponse ne lui suffisait pas.

– Tu n'as jamais été marié, alors c'est dur à expliquer. Je vais toujours me soucier de lui — et il va toujours se soucier de moi. J'imagine qu'il y a encore un attachement à cause de tout ce qu'on a vécu ensemble. S'il y avait eu de l'infidélité, on se détesterait peut-être aujourd'hui, mais ce n'est pas ce qui s'est passé.

Au lieu de lâcher une kyrielle d'insultes, il resta silencieux.

– Et tu lui fais confiance ?

– C'est-à-dire ?

– Tu ne crois pas qu'il ira tout raconter à Leonardo ?

– Non...

– Ben, moi si. Il a bossé pour lui toute sa vie adulte. Il ne foutrait pas tout en l'air pour rien.

– Qu'est-ce que tu insinues ? demandai-je.

Il se frotta la barbe en regardant les rideaux tirés, comme s'il pouvait voir la ville à travers le tissu.

– Tu crois que toi et lui manigancez contre Leonardo, mais je crois que c'est eux qui manigancent contre toi.

– Victor ne ferait pas ça...

– Pas pour te nuire, continua-t-il en se tournant vers moi. Leonardo n'est pas con, et il connaît sa fille. Il fait peut-être semblant que l'incident n'était pas grave, mais il sait très bien que ça l'était. Il sait que tu vas vouloir te venger. Mais il ne veut pas te tuer. Aucun homme ne voudrait tuer sa fille à moins de ne pas en avoir le choix.

Il partageait ses pensées avec moi, présentant une analyse qui ne m'avait même pas traversé l'esprit.

– Alors il essaie de te neutraliser. De dompter ta rage. De te faire renoncer à ton hostilité. D'avoir de nouveau sa fille aînée dans sa vie.

– C'est certainement plausible. Il est capable de n'importe quoi. Mais Victor n'a aucune raison de faire ça.

Bartholomé me fixa.

– Aucune ?

Je fouillai son regard, ne comprenant pas son insinuation.

– Peut-être que les fiançailles bidon vont se concrétiser. Peut-être que l'affection va se transformer en affection sincère. Peut-être qu'une fois que ton père et toi aurez fait la paix, Victor et toi pourrez reprendre les choses là où vous les avez laissées.

– Tu... tu viens d'arriver à cette conclusion ?

– Sa condition était suspecte. Il devrait seulement t'aider parce qu'il est furieux que son employeur ait tiré sur la femme qu'il aime. Le fait qu'il essaie de conclure une entente avec toi au vu des circonstances me dit qu'il cache quelque chose.

Je n'avais pensé à rien de tout ça.

– Alors Leonardo a sans doute convaincu Victor de suivre ce plan, en lui disant qu'il retrouverait la vie qu'il a perdue pour l'inciter à accepter. Une vie où vous vivez ici à Florence. Vous vous remariez. Vous avez peut-être des mômes. Il monte en grade dans le business familial. Il remplace peut-être même Leonardo quand vient le temps de reprendre le flambeau. C'est parfaitement logique.

– Mais tu n'as aucune preuve.

– À moins de pouvoir écouter leurs conversations en douce, je n'aurai jamais de preuves.

– Je pourrais demander à Victor...

– Non, dit-il en croisant les bras sur la poitrine. C'est la pire chose que tu puisses faire. Et tu ne peux pas lui parler de moi non plus.

– Pourquoi pas ?

– Parce que s'il sait que je suis là, il ne t'aidera pas.

– Je ne peux pas lui mentir...

– C'est lui qui te ment.

– On ne le sait pas...

– C'est mon univers, ma chérie. Je sais comment ça marche. Je sais comment pensent les hommes comme Leonardo.

– Je ne peux pas mentir à Victor.

– Il t'a demandé une chance quand tu serais prête. Alors, ne sois jamais prête.

– Je lui ai dit que je n'arrivais pas à t'oublier...

– Continue de ne pas m'oublier.

Je me sentais mal à l'idée de tromper. Savoir que Victor n'aura jamais de chance avec moi et ne pas lui dire me donnait l'impression d'être une menteuse éhontée. Mais si Bartholomé avait vu juste, je n'avais aucune raison de me sentir coupable. Je pensais manipuler Leonardo, mais c'est lui qui me manipulait.

– J'espère vraiment que ce n'est pas vrai...

Il me fixa de ses yeux sombres, énigmatiques et autoritaires.

– Crois-moi, ma chérie.

Je ne l'avais pas cru la dernière fois — et ça avait été la plus grosse erreur de ma vie.

– D'accord.

15

BARTHOLOMÉ

La tête de Laura pesait sur mon épaule, son bras m'enlaçait la taille sous le drap. Ses cheveux couraient sur mon biceps. L'une de ses cuisses reposait sur le haut de ma jambe. Son parfum floral m'enivrait ; des roses après une pluie de printemps.

Je tournai la tête et j'effleurai des lèvres la racine de ses cheveux avant de lui embrasser le front.

Elle me serra plus fort en réponse.

Il faisait nuit noire et la seule lumière dans l'appartement provenait de la lampe de chevet. Nos téléphones étaient posés à côté, l'écran noir. Le monde dormait et il n'y avait que nous deux, enveloppés dans cette bulle de tranquillité.

Enfin, je n'étais plus en colère.

Je n'étais pas heureux non plus.

J'étais en paix.

Quand Blue m'avait dit qu'elle s'était fiancée à ce lâche, j'avais embarqué dans mon jet sans faire mes valises et j'avais décollé. J'étais mu par un élan émotionnel, une impulsion qui ne mènerait nulle part, mais je n'avais pas pu m'empêcher d'exprimer ma rancœur, de dire à Laura à quel point elle m'avait détruit.

Je ne m'attendais pas à ce que ça se termine au lit.

Elle changea de position et se cala sur son coude pour me regarder.

– Tu restes combien de temps ?

– Je repars dans la matinée.

Je n'aurais jamais dû venir. J'avais trop de choses à faire.

Ses yeux brillants clignèrent de déception.

– Tu reviendras quand ?

– Je ne sais pas encore.

– Je peux aller à Paris...

– Tu ne peux pas partir. Pas si tu veux finir ce que tu as commencé.

Je pensais qu'elle devait abandonner son idée de vengeance, mais je savais que ça comptait trop pour elle. Ils l'avaient peut-être doublée, mais elle avait encore un coup d'avance.

– Si tu retournes à Paris, ils sauront que c'est pour me voir.

– Je ne peux plus vivre sans toi...

Sa main me caressa la poitrine, le ventre, partout. Elle vénérait mon corps comme s'il venait de cracher une liasse de billets suffisante pour lui acheter un appart. Pourtant, cette fille me voulait pour moi — sans autre raison.

– Je reviendrai quand je pourrai.

– Et je te trouverai assis dans la pénombre en entrant chez moi ?

– Oui.

– Et si Victor est avec moi ?

– Je me cacherai jusqu'à son départ. Ou je le tuerai. Ça dépendra de mon humeur.

– Mon père m'a rendu visite l'autre jour…

Dommage que ce n'était pas aujourd'hui. J'aurais pu en profiter pour lui trancher la gorge.

– Qu'est-ce qu'il voulait ?

– Me parler de Victor, répondit-elle d'une voix calme, comme si elle revivait cette conversation intime. Et ton boulot, ça va ?

Si seulement elle le savait.

– Je n'arrête pas.

– Tu as réfléchi à un scénario où tu attaquerais mon père ?

Cela pourrait améliorer les relations avec mes hommes, mais je perdrais mon honneur et mon estime de moi.

– J'avais l'impression que tu as tout prévu.

– Il faudra un certain temps avant que j'obtienne ce que je veux.

– Il attend le moment où tu auras oublié le passé. Et alors, tu pourras lui porter l'estocade finale.

– Je sais que si je vais trop vite, il ne me croira pas.

– Ouais, t'es fiancée à Victor maintenant...

Ça m'arrachait la bouche de prononcer ces mots, même s'ils étaient faux, même si elle m'était restée fidèle pendant tout ce temps. Une fois que Laura aura tué Leonardo, je ne résisterai sans doute pas à la tentation d'éliminer Victor.

– Plus vite tu passes à l'action, plus vite tu pourras rentrer à Paris.

– Oui.

J'ignorais comment j'allais gérer cette période de séparation. Je viendrais la voir dès que j'aurais le temps d'effectuer un aller-retour en avion, en passant inaperçu des hommes de Leonardo qui lui filaient le train. Il fallait que je me faufile dans son appartement avant son retour, quitte à l'attendre pendant des heures. J'étais un homme d'affaires occupé. Je n'avais pas de temps pour ce genre de conneries.

– Être ici avec toi, maintenant... Ça me donne envie de tout abandonner et de me tirer d'ici.

Ses doigts tracèrent le contour de ma mâchoire, s'attardant sur ma barbe naissante pour en mesurer la rugosité.

Je souhaitais ardemment son retour à Paris, mais je savais que c'était dangereux. Silas voulait ma tête. Et il n'était pas question que Laura soit dans les parages.

– J'arrive pas à croire que j'ai vécu ici… entourée de tous ces salauds. Ma sœur a subi un tel lavage de cerveau que je ne pense pas pouvoir l'aider. Elle aura une vie de femme battue… ou elle sera tuée à un moment donné.

Laura se faisait souffrir encore plus, obligée de passer du temps avec les personnes qu'elle méprisait, tout cela au nom de la vengeance. Sa colère s'estomperait, et à un moment donné, elle pourrait se demander si le jeu en valait la chandelle. Elle avait quitté son travail pour mener à bien son plan. Quitté sa ville. Et elle allait vivre loin de moi.

Nous restâmes allongés en silence, ses doigts explorant mon corps comme si elle en avait oublié les sillons, les cicatrices, les endroits où elle m'avait embrassé.

– Dis-moi… quel genre de relation on a ?

Elle garda les yeux baissés en posant la question.

J'attendis qu'elle me regarde, car je ne poursuivrais pas cette discussion sans avoir toute son attention.

Elle finit par lever les yeux.

– Je suis ton homme. Tu es ma femme. Ce genre de relation.

Elle m'effleura la gorge du bout des doigts, puis la clavicule. Ses yeux couleur espresso tombèrent sur mes lèvres tandis que ses ongles s'enfonçaient légèrement dans ma peau, machinalement. Elle me fixa pendant de longues secondes, puis ses lèvres charnues s'entrouvrirent comme si elle voulait sentir ma langue glisser dans l'ouverture.

C'était comme un de mes fantasmes quand j'étais seul dans ma chambre. Une de mes rêveries érotiques lorsqu'une personne chiante à mourir me parlait. J'imaginais Laura collée à moi, sauf que là, ce n'était pas mon imagination.

Je la fis rouler sur le dos et je plongeai en piqué vers ses mamelons. Dodus. Chauds. Fermes. Je respirai son odeur en enfouissant le visage dans la vallée entre ses seins. Je l'embrassai, la mangeai, suçai ses tétons jusqu'à ce qu'elle grimace.

Elle glissa les doigts dans mes cheveux et elle arqua le dos pour presser ses seins contre ma bouche. Elle s'offrait à moi sur un plateau, me suppliant de la prendre.

Je passai ses cuisses derrière mes bras et je la pliai en deux sous moi jusqu'à ce qu'elle soit coincée, sans échappatoire possible, puis je m'enfonçai dans sa chatte si trempée que j'en grognai de plaisir. Putain. Je la pénétrai à fond. Ses lèvres s'ouvrirent et elle aspira de l'air. Elle m'agrippa les bras, ses ongles traçant des sillons possessifs dans ma peau, et elle s'accrocha pendant que je la baisais comme si c'était la première fois que j'avais cet honneur.

———

Vêtue d'une robe d'été rose et de sandales à talons compensés, son sac à main en bandoulière, elle était prête à partir. On aurait dit une fleur épanouie dans le jardin, mais des nuages noirs assombrissaient ses yeux.

Parce que j'allais partir.

Enfin, elle partait la première, et je sortais ensuite.

Je portais les mêmes fringues qu'à mon arrivée, mais j'étais propre et j'avais utilisé sa brosse à dents ce matin. Son chagrin était visible dans ses yeux tristes, et j'avais du mal à partir en sachant le bordel que je laissais derrière moi.

– Avec quel argent tu vis ?

La question l'arracha à sa tristesse.

– Mes économies.

J'étais surpris qu'elle en soit arrivée là.

– Je vais faire un virement sur ton compte.

– Je viens de te dire que j'ai de l'argent.

Mais pas beaucoup.

– Dépense mon fric au lieu du tien.

– Ce n'est pas ce que je veux de toi.

– Tu veux quoi de moi ?

Je transférerais l'argent sur son compte à la seconde où je monterais dans la voiture, alors ses protestations ne servaient à rien. Sachant à quel point elle aimait se disputer, j'avais préféré changer de sujet.

Elle hésita un instant, comme si elle n'arrivait pas à formuler sa réponse.

– Tu...

Je vis le désir brûler dans ses yeux comme un feu de joie.

– C'est l'heure, ma chérie.

– Non...

Elle s'approcha de moi, enroulant les bras autour de mon cou, son visage tout près du mien.

– Je viens à peine de te retrouver.

Elle empoigna le col de ma chemise, froissant l'étoffe délicate, et m'attira vers elle pour m'embrasser passionnément.

Je l'écrasai contre moi, ma main sur ses fesses sous la robe. J'avais passé toutes mes nuits solitaires à la désirer et à la détester en même temps. Mais ce qui me serrait la poitrine aujourd'hui était plus que du désir, car je ne voulais pas la quitter.

– Je reviendrai dès que possible.

– Mais t'es le patron. Tu ne peux pas rester ici ? Comme la dernière fois ? implora-t-elle en abandonnant sa fierté pour me supplier.

J'avais toujours détesté qu'une femme me supplie. Les pleurnicheries m'exaspéraient. Mais je trouvais les supplications de Laura excitantes.

Je naviguais en eaux troubles et je ne pouvais pas me permettre quelques jours de congé.

– Je reviendrai, ma chérie.

Je l'embrassai une dernière fois avant de la laisser partir.

– Prends ça, dis-je en sortant un téléphone de ma poche.

Elle fixa ma main, perplexe.

– Pourquoi ?

– Parce que je suis sûr que le tien est sur écoute, déclarai-je en le posant sur la commode. Et ne l'emporte pas avec toi. Laisse-le ici, dans la table de nuit ou sous le matelas.

Je m'approchai de la porte et lui fis signe de partir. J'attendrais quinze minutes pour m'assurer que les hommes de Leonardo avaient mordu à l'hameçon. Une fois le danger écarté, mes hommes me préviendraient que la voie était libre. J'avais l'impression que Laura et moi vivions une liaison secrète, mais nos sentiments avaient pris trop de place pour apprécier le frisson de la clandestinité et les luxueuses chambres d'hôtel.

Elle me regarda, le cœur brisé, comme si elle craignait de me voir pour la dernière fois, comme si j'allais rompre à nouveau au lieu de nous laisser une autre chance.

– Fais attention à toi.

Elle me prit le visage en coupe et m'embrassa avant de franchir la porte.

L'instant d'après, je me retrouvai seul dans l'appartement froid et obscur une fois privé de sa présence solaire. La solitude, qui était mon refuge auparavant, avait perdu sa saveur.

Je me sentais vide sans elle.

16

LAURA

La scène était ridicule.

Catherine et moi avions décidé de faire les boutiques, et Victor et Lucas nous avaient suivies. Nous avions fini par déjeuner au marché, assis tous les quatre à table comme au bon vieux temps. Lucas ne me parlait pas et me regardait à peine. Notre haine mutuelle était toujours vivace.

Victor avait tenté de porter mes sacs comme s'il était mon mec, mais je l'avais rabroué vite fait. Il était assis en face de moi à table. Je l'observais en essayant de déterminer s'il me mentait.

S'il jouait un double jeu.

La réponse ne se devinait pas dans ses expressions ni dans sa voix. À moins de trouver la preuve dans son téléphone ou de surprendre une conversation privée, je n'aurais jamais la certitude de sa trahison.

Victor soutint mon regard.

– Tout va bien, Laura ?

Sa question attira l'attention de Catherine et Lucas.

J'avais passé une nuit idyllique. Je portais les marques invisibles de ses baisers et de ses caresses, la déchirure de nos adieux. Non, je n'allais pas bien. J'avais le cœur brisé, encore une fois, car j'avais imaginé que si Bartholomé revenait, il resterait. Mais il était reparti, et je me retrouvais coincée ici, à observer le visage d'un homme qui m'avait peut-être trahie.

– J'ai mal au crâne.

C'était en partie vrai, car j'avais une sensation de manque sans mon homme.

– Je peux aller à la pharmacie, proposa Victor.

– Non, ça va. J'ai un comprimé dans mon sac. Je l'ai pris il y a quelques minutes.

Victor me scruta de plus belle, délaissant sa pizza à demi entamée.

– On va où maintenant ? demanda Catherine. Valentina ?

Je ne pouvais pas m'offrir la moindre fringue dans cette boutique, même pas une ceinture.

– D'accord.

J'avais passé la majeure partie de la matinée à regarder Catherine claquer l'argent de son père dans des affaires ridiculement chères dont elle n'avait même pas besoin, en nous traînant derrière elle. J'avais acheté quelques trucs, mais à des vendeurs dans la rue.

Au moment où nous nous levions de table, une notification fit vibrer mon téléphone. Ma banque avait reçu un virement de cent mille euros.

– Seigneur...

– Qu'est-ce qu'il y a ? s'enquit Victor.

Je supprimai la notification pour qu'elle disparaisse de mon téléphone.

– Je viens de voir un titre de journal.

Je rangeai mon téléphone dans mon sac et nous quittâmes le marché. Victor me regardait comme s'il ne me croyait pas, mais il n'insista pas.

———

Quelques jours plus tard, Victor et moi dînions dans ma trattoria préférée. Il me laissait toujours choisir l'endroit et il insistait pour payer, même si Bartholomé venait de verser une petite fortune sur mon compte. Je pouvais quitter mon appartement et emménager au Four Seasons. Je ne voulais pas de son argent, mais j'avoue que c'était une aubaine. Mes économies avaient pris un sacré coup dans l'aile et j'allais bientôt me retrouver à sec. J'avais refoulé cette idée, car ma vengeance était plus importante que mes finances, mais Bartholomé avait réglé ce problème pour moi.

J'allais le dépenser parce que je n'avais pas le choix. S'il ne m'avait pas donné cet argent, j'aurais dû demander à Victor… en me sentant honteuse de le faire.

La conversation fut pauvre durant le repas. Nous passions le plus clair de notre temps ensemble maintenant et nous n'avions pas grand-chose à nous dire. Il me regardait la plupart du temps, surtout quand il pensait que je ne le voyais pas.

– J'ai l'impression qu'il y a quelque chose qui ne va pas.

J'étais moins bonne actrice que je le pensais.

– Je suppose que je suis un peu perdue…

– Pourquoi ?

– Je ne sais pas… c'est compliqué.

J'inventais mes réponses à la volée.

Il se rapprocha de la table et posa les coudes sur la nappe, car le serveur avait desservi nos assiettes.

– Parle-moi, Laura.

– J'ai quitté mon boulot, mon appartement. J'ai tout laissé en plan pour venir ici tuer mon père. Mais maintenant… je ne sais plus.

– Tu as les jetons.

– Je ne dirais pas ça. Simplement, mon état d'esprit a changé. J'aime bien passer du temps avec ma sœur. C'est agréable de revenir à la maison… de t'avoir retrouvé. Peut-être que je suis folle, mais je ne suis pas sûre de vouloir faire souffrir mon père…

Il ne cilla pas, suspendu à mes lèvres.

– Enfin, je suis en colère. Une partie de moi le sera toujours. Mais… je ne sais pas… ça n'a pas de sens.

– En fait, je trouve que ça en a, dit-il. Avant le drame, on était heureux. Tu étais heureuse. Aujourd'hui, c'est comme si tu remontais le temps. Pourquoi détruire une situation qui te rend heureuse ? Car si tu tuais ton père, ça détruirait tout le reste. Il ne resterait rien.

Mon cœur s'effondra, car elle m'apparut en plein jour — la vérité.

Bartholomé avait raison.

Victor s'était joué de moi. Il s'était bien foutu de ma gueule.

Je veillai à ce que mon expression ne change pas alors que la vérité descendait sur moi. Mon père était au courant. Il savait que j'attendais l'occasion de le faire souffrir comme il m'avait fait souffrir. Quand il était venu à mon appartement, il savait. Quand il avait fait ce commentaire sur Victor... il se payait ma tête.

J'étais vraiment trop conne.

– Et toi ? Comment tu le sens ?

– Comment je sens quoi ?

– Tu as dit que tu voulais châtier mon père pour ce qu'il m'a fait.

Le fait qu'il ait menti était un nouveau coup de poignard, car ça prouvait qu'il n'avait pas du tout changé. Il n'aurait jamais pris ma défense. Il ne se battrait jamais pour moi. Il ne serait jamais l'homme que Bartholomé était.

– Ce qu'il a fait était terrible et ça me révolte. Mais ton bras s'en sort sans séquelles à long terme. Tu en as retrouvé l'usage complet, et tu as raison : nos vies seraient à jamais bouleversées si Leonardo mourait.

Pas de séquelles à long terme ? Et le traumatisme ? Le cœur brisé ? La soif de vengeance ?

– Je soutiendrai ta décision, quelle qu'elle soit.

Évidemment.

– Je ne suis pas sûre de retrouver la même relation avec mon père qu'avant. Je suis restée loyale envers lui pendant notre séparation, mais je ne sais pas si je pourrais l'être à l'avenir. Ce n'est pas parce que je ne souhaite pas sa mort que je lui fais confiance.

– C'est normal.

– Bref, je suis perdue en ce moment...

– Rien ne presse. J'apprécie les moments qu'on passe ensemble.

Je me forçais de lui répondre en paraissant sincère.

– Oui... moi aussi.

———

Le second téléphone sonna. Je décrochai aussitôt.

– Salut.

C'était bien sa voix de velours.

– Salut, ma chérie.

Bartholomé ne m'avait pas appelée depuis quelques jours, et à la seconde où je l'entendis, je me liquéfiai.

– Tu me manques...

Je m'étais transformée en ces filles collantes qui ne laissent pas leur mec respirer. J'avais été tellement frustrée par nos six semaines de séparation que je me rattrapais maintenant. J'avais encore l'impression de vivre un rêve. C'était incroyable que cet homme revienne dans ma vie et me désire comme avant.

Un long moment de silence passa, se chargeant de tension.

– Tu es toujours là ?

– Oui. Je profite juste de tes mots.

– Tu me manques tous les jours...

– Tu me manques toutes les nuits, soufflai-je.

Je fermai les yeux pour mémoriser le son de sa voix, la manière dont elle s'enroulait autour de moi comme s'il était là.

– Comment s'est passée ta journée ?

– Elle n'a pas encore commencé, répondit Bartholomé.

– Oh, c'est vrai. Tu viens de te réveiller.

– Et la tienne ?

– Ben...

– Ben ? répéta-t-il légèrement amusé.

– J'ai parlé à Victor. Je lui ai dit que j'hésitais à tuer mon père maintenant.

Il se tut.

– Tu avais raison... Il joue un double jeu.

– Il te l'a dit ?

– Non, mais ça se voyait. Dès que j'ai exprimé un doute, il m'a encouragée à renoncer à me venger. C'est exactement ce qu'il veut. Que je m'entende bien avec mon père, que je le reprenne, qu'on retrouve notre vie d'il y a sept ans.

– J'ai presque de la peine pour lui. *Presque.*

Je n'avais aucune peine pour lui. Il me mentait, donc je n'avais aucun scrupule à le mener en bateau. Pourquoi voulait-il une femme qu'il devait manipuler pour séduire ? Cela n'avait aucun sens.

– Il devrait en vouloir à mon père, mais il s'en fiche... il ne s'en est jamais soucié.

– Tu as l'air déçue.

– Je me déçois moi-même d'avoir cru pouvoir lui faire confiance.

– Pour sa défense, il choisit la voie la plus sûre. Il y a de grandes chances que tu meures en essayant de tuer ton père, alors il préfère que tu restes en vie. Il vaut mieux se contenter d'une vie facile que de se battre pour avoir la grande vie.

– Tu ne te contentes pas de si peu.

Il resta silencieux un moment.

– Parce que je suis un chef, pas un subordonné comme lui.

J'entendis le bruit du briquet, puis son souffle. Il avait dû allumer un cigare avec son café, comme d'autres apprécient un biscuit avec leur dose de caféine.

L'odeur de cigare me manquait.

– Quel est ton plan ?

– Je n'ai pas de plan. Plus maintenant.

Pas après avoir compris que mes ennemis savaient exactement ce que je faisais.

– La seule chose à faire, c'est mentir et prétendre que j'ai changé d'avis... Et quand l'occasion se présentera... attaquer. Ce n'est pas exactement ce que j'avais imaginé, mais je le prendrai quand même par surprise.

– C'est vrai.

– Et ensuite, j'irai te retrouver.

Il se tut. Le silence s'éternisa comme s'il n'avait pas l'intention de parler. Il fumait son cigare et buvait son café, c'est tout.

– Merci pour l'argent.

En vérifiant mon compte ce matin, j'avais découvert qu'il me restait moins d'argent que je le pensais. Le prix du loyer et les achats courants avaient eu raison de mes économies.

– J'ai honte de l'accepter, mais...

– Je suis ton homme, ma chérie. C'est mon rôle de m'occuper de toi.

Je détestais que le type paie le dîner lors du premier rencard. Je n'acceptais pas l'aumône ni qu'on me prête des sous. Mais j'avais pris l'argent de Bartholomé, non parce qu'il était riche, mais parce que le contexte me semblait différent.

– Comment ça se passe à Paris ?

– C'est la merde comme d'habitude.

Il restait toujours vague sur son travail.

– Tu peux me raconter ta vie quotidienne, Bartholomé. Ça ne m'effraiera pas.

Son métier ne me rebutait plus. Je m'étais tellement attachée à lui que je préférais supporter les risques liés à son trafic plutôt que ne plus le voir. Mon cœur meurtri me faisait bien plus mal que cette balle.

– J'ai dû faire chanter le Premier ministre pour que nos frontières au nord restent ouvertes, car le Premier ministre belge s'alarme des drogues qui ont soudain inondé ses rues. Je crains que ma menace de révéler sa liaison et son gosse illégitime ne suffise pas pour maintenir mon niveau de business. Le trafic est trop visible. Mais j'ai trop de produits à écouler avant leur date d'expiration. Sans le territoire italien que je visais, il faut que je trouve un autre débouché. Si je ne réussis pas, mes dealers seront en colère, car ils perdront l'argent qu'ils ont investi. Mes hommes ne me montrent plus la même allégeance qu'avant, alors il est beaucoup plus difficile de trouver des solutions. Certains me respectent encore, mais d'autres ne me respecteront plus jamais. Au lieu de pouvoir bosser correctement, je passe mon temps à essayer de comprendre comment faire mon travail comme avant. La Croatie reste un marché important, mais elle est tellement plus petite que la France que ce n'est pas un ajout substantiel. L'Italie est un pays comparable au nôtre, et c'est la porte d'entrée vers des marchés juteux comme la Grèce et le Moyen-Orient.

Je l'écoutais me décrire la situation à la fois avec admiration et crainte. On aurait dit un financier de Wall Street parlant des cours de la bourse, mais au lieu d'investissements légaux, il s'agissait de drogues. Je ne pouvais rien répondre, incapable de saisir l'ampleur de son business.

– Excuse-moi d'avoir mis un tel souk.

– Ce n'était pas un reproche, ma chérie.

– Je sais, mais je suis désolée.

Il se tut.

– Ça t'arrive d'avoir envie d'arrêter ? demandai-je.

– Arrêter quoi ?

– Ton travail.

– Pour faire quoi ?

– Je ne sais pas...

Avoir une vie tranquille avec moi, peut-être.

– Non, je n'y pense jamais.

Une autre vague de silence déferla. Elle dura si longtemps que je crus qu'il n'était plus au bout du fil. Il finit par conclure la conversation.

– Je dois y aller.

– D'accord.

– Bonne nuit, ma chérie.

– Bonne journée, vampire...

Mon père organisa un dîner dans sa propriété, dans la même cour où nous avions rendu hommage à l'oncle Tony. Le cercle était réduit, nous étions seulement dix, avec Victor et Lucas, plus quelques hommes que mon père considérait comme de la famille.

Le soleil ne se couchait pas avant vingt et une heures à cette période, aussi il faisait encore jour lorsque nous nous installâmes autour de la table dressée près de la fontaine. La chaleur des soirées toscanes nous faisait transpirer. Je m'assis à côté de Victor, aussi loin de mon père que possible. La duplicité de Victor me faisait le détester encore plus.

J'étais une étrangère pour la plupart d'entre eux. Ses hommes me regardaient à peine et ils ne m'adressaient pas la parole.

Catherine était la reine de la fête, volant l'attention en raison de sa jeunesse, de sa beauté et de son énergie. Je voyais que ça énervait Lucas, mais il ne pouvait pas la gifler devant mon père.

Ni plus tard.

Victor but du vin, puis il posa la main sur ma cuisse sous la table. Ses gestes étaient tendres et naturels et ils ne semblaient pas du tout prémédités. Ses doigts caressèrent ma peau nue, juste au-dessus du genou. Ce contact me fit culpabiliser comme si j'avais couché avec lui.

Instinctivement, je repoussai sa main avec l'impression d'avoir trompé Bartholomé en le laissant faire.

Victor ne réessaya pas, mais il me regarda comme si je commettais une erreur.

Si Bartholomé était là... tout le monde, sauf ma sœur et moi, serait mort ce soir.

J'ignorai le regard de Victor et je pris une gorgée de vin.

Mon père éclata de rire à un bon mot de Lucas, sans remarquer la tension qui montait entre Victor et moi. J'ignorais même que Lucas pouvait être drôle tellement c'était un sale type.

– Excusez-nous.

Victor se leva et tira ma chaise, m'obligeant à sortir de table. Nous entrâmes dans la maison et nous éloignâmes des fenêtres.

Lorsqu'il se planta devant moi, il était furieux. Des flammes brûlaient dans ses yeux comme s'il avait jeté de l'essence dessus.

– Tu as promis de me donner une chance, mais tu ne supportes pas que je te touche. En quoi ça me donne une chance ?

Quoi ? Il avait le culot d'être en colère contre moi ?

– Je t'ai dit que je te donnerais une chance quand je serais prête...

– Ça fait deux mois. Tu as eu le temps de...

– C'est rien quand on est amoureux.

Il tressaillit comme si je l'avais insulté. Ses yeux bougèrent de droite à gauche, rendus instables par ma confidence.

Je refoulais mes sentiments depuis si longtemps que je ne me les étais jamais avoués à moi-même, encore moins à une autre personne, et à Victor en plus. Mais mon amour pour l'un avait accru mon aversion de l'autre au moment où il m'avait touchée.

– Tu m'as menti.

– Non, protestai-je. Je t'ai dit : quand je serais prête...

– Vous avez été ensemble tout ce temps et tu as menti.

– Quoi...?

– D'où viennent les cent mille dollars ?

Ils espionnaient mes comptes bancaires ? Ou bien ils avaient accès aux notifications de mon téléphone ? Victor le parcourait-il chaque fois que nous étions dans la même pièce ?

– Ma situation financière ne te regarde pas.

– Une seule personne t'enverrait une telle somme.

– Même s'il le faisait...

– Tu m'as menti, dit-il en haussant la voix. Je n'ai jamais eu de vraie chance avec toi.

– Tu sais quoi ? m'énervai-je. T'as raison. Tu n'as jamais eu de vraie chance, mais c'est pas à cause de lui. C'est parce que t'es un putain de menteur. T'as tout bavé à mon père. Vous êtes complices depuis le début dans cette histoire.

Son regard se fit méfiant, mais il ne nia pas.

– Alors ça n'aurait jamais marché entre nous, Victor.

Je partis en trombe vers la porte.

Il me saisit le poignet.

– Laura.

– Lâche-moi.

Sa poigne se resserra.

– Écoute-moi...

– Je ne crois aucun mot qui sort de ta bouche.

– Tout ce que je t'ai dit était sincère. J'étais furieux de ce qui est arrivé, mais il n'y a pas de scénario où tu obtiens ce que tu veux, Laura. Je pensais qu'en tempérant ta colère, on pourrait redevenir une famille. Être en couple comme...

– Ta gueule.

Je me dégageai de son emprise et me précipitai vers la porte.

Cette fois, il ne me suivit pas.

Je sortis en trombe de la pièce, claquant mes talons sur le dallage, et je me dirigeai vers l'entrée pour récupérer mon sac à main auprès du majordome afin de pouvoir quitter cet endroit. Je n'avais plus de raison de rester à Florence, mon plan m'ayant explosé au visage.

– Laura.

Je venais de prendre mon sac lorsqu'il apparut, le patriarche.

– Tu ne le vois pas ?

– Voir quoi ?

Je restai à plusieurs mètres comme s'il tenait un couteau.

– À quel point je tiens à toi.

– Bien sûr que non, car tu ne te soucies de personne d'autre que toi.

Il s'avança vers moi.

Par défi, je ne bougeai pas. Je n'avais dans mon sac qu'une bombe lacrymogène. Je ne m'attendais pas à ce que la soirée parte en vrille.

– Je ne veux pas te faire de mal, Laura. Et certainement pas te tuer. (Il ne le dit pas directement, mais la menace était implicite.) Je nous imaginais redevenir une famille. J'ai cru qu'on pourrait oublier le passé et aller de l'avant.

– Jamais, sifflai-je d'une voix chargée de haine.

Je me sentais vulnérable, seule dans sa maison, sans pouvoir joindre Bartholomé.

Un duel s'ensuivit. Mon père me fixa d'un air de défi.

Je soutins son regard.

Sa voix changea et il s'adressa à moi comme à un homme qui cherchait à le doubler plutôt qu'à sa propre fille.

– Écoute bien mon avertissement. Je te tuerai — si tu m'y obliges. Alors je te conseille de partir et de ne plus jamais croiser mon chemin.

Je savais qu'il en était capable, mais l'entendre prononcer ces mots me fit l'effet d'une autre balle dans ma chair. Mon propre père... reconnaissant ouvertement qu'il pouvait m'envoyer ad patres. J'avais envie de pleurer, mais je ne laissai pas les larmes me monter aux yeux.

– Tu auras ce que tu mérites, murmurai-je. Un jour ou l'autre.

17

BARTHOLOMÉ

Je soulevai l'haltère et je fis mes séries, bandant le biceps en soulevant plus de poids que je n'en avais jamais soulevé. Je commençais toujours la journée par une séance de muscu, mais je repoussais de plus en plus mes limites ces derniers temps, ayant besoin d'un exutoire pour ma frustration.

Je reposais l'haltère quand mon portable vibra dans ma poche. Je le sortis et je jetai un coup d'œil à l'écran ; c'était Blue. J'éteignis la musique pour prendre l'appel.

– Oui ?

– Laura a atterri à Paris il y a une heure. Elle est de retour à son appartement.

Je cillai, impassible, me demandant ce qui s'était passé pour qu'elle revienne au pays. Peut-être que je lui manquais, mais elle ne sacrifierait pas tout ce qu'elle avait accompli jusqu'ici pour un simple plan cul. Quelque chose avait dû arriver — quelque chose de grave.

– Merci pour l'info.

– Bartholomé ?

Merde, ce n'était pas tout.

– Le Premier ministre souhaite te parler.

La tension montait. Les flammes s'intensifiaient et commençaient à le brûler.

– Il va devoir attendre.

———

J'entrai dans l'appartement de Laura sans frapper. Elle n'était pas dans le salon ou la salle à manger.

– Laura ?

Elle sortit de la chambre, pieds nus et dans une robe d'été à fines bretelles qui contenait à peine ses nichons délicieux. Elle avait dû faire tourner les têtes à l'aéroport.

– Il a tout deviné.

Elle était manifestement troublée, parce qu'elle ne me sauta pas dessus comme elle l'aurait fait en temps normal.

– L'argent... il savait que tu étais le seul à pouvoir m'envoyer cette somme.

– Comment il l'a su ?

– J'en sais rien.

Je ne mis qu'une seconde à comprendre.

– Tu dois désactiver les notifications de ta banque sur ton portable. Si quelqu'un te le vole, il en saura déjà trop sur toi.

– Eh bien, j'ai été fauchée toute ma vie, alors je n'ai jamais rien eu à cacher.

Elle se dirigea vers la cuisine, où elle sortit une bouteille de vin rouge et deux verres. Elle déboucha la bouteille et remplit les verres. Quand elle but une gorgée, son rouge à lèvres s'étala sur le verre, et je ne pensai qu'à sa bouche autour de ma queue.

– Merde.

Je m'approchai du petit îlot de cuisine et je pris l'autre verre, sans le boire.

Elle agrippa le rebord du comptoir, le regard ailleurs, les yeux dans le vide.

Je ne l'interrogeai pas, car je savais que l'information finirait par sortir. Je n'avais qu'à lui laisser le temps.

– Il a dit qu'il me tuerait si jamais il me revoyait, commença-t-elle, toujours sans me regarder, semblant incapable d'avouer la vérité pas seulement à moi, mais aussi à elle-même. Mon propre père…

Elle laissa échapper un petit rire sarcastique et dégoulinant d'amertume.

C'était à ce moment-là de la conversation que les gens offraient habituellement des mots d'encouragement, mais je ne le sentais pas. Ce serait inutile et vide de sens.

– Je l'aurais tué sur-le-champ, mais je n'avais aucun moyen de le faire.

Je voulais manquer à ma parole et faire la sale besogne pour elle. Broyer le crâne de Leonardo en son nom. Mais si je ne brisais pas ma promesse pour mes hommes, je ne pouvais pas le faire pour elle non plus. J'étais déjà dans la merde, toujours en train de surveiller mes arrières.

– Et Victor… il n'a pas changé du tout.

Son vin était bon marché, mais je le bus quand même. Je préférais les spiritueux, mais je respectais les grands vins, de ceux qu'on entrepose dans des celliers pendant des dizaines d'années, les meilleurs cépages de France et d'Italie.

Elle but une autre gorgée, finissant son verre.

– J'imagine que c'est fini…

Elle leva enfin les yeux vers moi.

– J'aimerais pouvoir arranger les choses pour toi.

Son regard s'adoucit.

– Je sais.

Elle contourna l'îlot de cuisine et glissa les mains sur mes bras, se nichant dans mon corps, ses nibards fermes s'écrasant contre ma poitrine. Ses bras s'accrochèrent à mon cou et elle appuya le front sur mon menton. L'odeur du printemps me balaya, provenant de sa peau et de ses cheveux.

– Mais je suis heureuse d'être à la maison avec toi.

J'enserrai sa taille d'un bras, glissant l'autre main sous sa robe et suivant le galbe de ses fesses avant de la poser dans le creux de ses reins. Les yeux fermés, je la serrai contre moi et la douleur dans mon cœur s'apaisa un instant. J'étais le genre d'homme qui ne renonçait pas à la rancune ; au contraire, je la nourrissais. Mais je n'étais plus fâché contre Laura. Ma rage avait été remplacée par un étrange sentiment de paix.

Elle recula légèrement et leva la tête vers moi, les lèvres entrouvertes et les yeux avides. Le vin lui rosissait déjà les joues, et ses lèvres teintées me suppliaient presque de l'embrasser. Je dus mettre trop de temps à me régaler de la vue, car elle me prit le visage en coupe et se hissa sur la pointe des pieds pour m'embrasser.

Je lui pressai les fesses d'une main en l'attirant vers moi. Son baiser était délicat, tendre, mais je pris les commandes et je l'intensifiai. Nos langues dansèrent ensemble. Notre respiration s'accéléra. Ma main continua de lui peloter le cul sous sa robe.

Aucune femme ne m'avait jamais fait bander aussi dur.

Je glissai les doigts sous son string et je lui baissai jusqu'aux cuisses avant de la hisser sur le comptoir. Les verres tombèrent et se fracassèrent de l'autre côté de l'îlot. La bouteille bascula à ton tour et le vin se déversa dans un éclaboussement bruyant.

Nous ne le remarquâmes même pas.

Sa robe maintenant retroussée jusqu'à la taille, je baissai mon froc et je réduisis la distance entre nos corps.

Je m'insérai en elle, m'y sentant chez moi.

Elle lâcha un gémissement en s'accrochant à moi, la tête renversée en arrière et les cheveux éparpillés. Elle se recula contre le comptoir et je retroussai sa robe encore plus haut, révélant la moitié inférieure de ses seins engorgés. Je continuai de tirer sur le tissu jusqu'à ce que je voie ses tétons pointus.

Mes mains agrippées à ses hanches, je la baisai sur l'îlot, lui ramonant la chatte sans relâche. Je la fis mienne de nouveau, marquant mon territoire, la pilonnant si fort que ses nichons rebondissaient comme des ballons.

Elle dit mon nom, le chuchotant d'abord, mais une fois l'orgasme arrivé, elle le hurla carrément.

———

La partie de jambes en l'air dans la cuisine ne nous avait pas suffi.

Nous nous rendîmes à la chambre, et ce fut à son tour de me baiser. Les paumes plantées sur ma poitrine, elle tanguait le bassin dans un va-et-vient rapide, s'empalant sur ma queue comme une professionnelle. Elle était complètement à poil maintenant, et ses nichons me giflaient la figure, couverts de sueur et exhalant la rose.

J'étais appuyé contre la tête de lit, mes mains sur ses hanches, et je savourais la sensation de sa chatte engloutissant mon chibre. C'était comme au bon vieux temps, à l'époque de nos rendez-vous secrets à l'hôtel, comme si on s'envoyait en l'air pour la première fois.

Son rythme se fit irrégulier. Sa respiration se hacha, de plus en plus essoufflée. Ses paupières s'alourdirent, ses ahans se transformèrent en geignements incohérents — puis en cris. Ses yeux luisaient comme la rosée matinale. Ils scintillaient comme les illuminations de Noël. Ses hanches se mirent à cahoter de façon incontrôlable tandis qu'elle hurlait. Ses ongles s'aiguisèrent et sombrèrent dans ma peau comme des petits couteaux. Son corps s'agrippa au mien avec la puissance d'un boa constrictor, serrant toujours plus fort.

J'avais attendu assez longtemps pour jouir, aussi je laissai la vague de plaisir me happer alors qu'elle redescendait des sommets de la sienne. Il y avait presque dix ans que je n'avais pas déchargé ma semence dans une femme, et je redevenais vite accro à ce luxe. Je ne me sentais jamais aussi viril que lorsque je voyais Laura à califourchon sur moi, sa peau contre la mienne, mon foutre mélangé à sa cyprine.

Elle s'écarta puis s'allongea à côté de moi, nue sur les draps, sa peau magnifique luisante de sueur après l'effort physique. Elle était couchée sur le flanc, la tête appuyée sur le coude, une position qui mettait ses courbes en valeur. Ma queue avait besoin de souffler un peu, mais la voir ainsi m'allumait à mort. Quand la pute s'était mise à poil l'autre jour, je n'étais tellement pas excité que j'avais l'impression de regarder un mec.

Je ramassai mon pantalon par terre et j'en sortis un cigare et un briquet. J'allumai le cigare sans demander la permission, parce que Laura me l'avait accordée il y a longtemps. Adossé à la tête de lit, je fumai tandis qu'elle était allongée à côté de moi, un silence confortable s'installant entre nous.

Le froid finit par la gagner et elle tira les draps sur son corps parfait.

Je voulais rester, mais j'avais du boulot.

– Tu vas retourner bosser à ta boutique ?

– Ouais, demain. J'ai dit à mes clients que j'avais une urgence familiale… ce qui n'est pas tout à fait faux.

– Tu n'es pas obligée de bosser si tu ne veux pas.

– J'aime mon taf. J'habille des friqués en vêtements chicos pour qu'ils en mettent plein la vue.

– S'ils sont riches, tu devrais augmenter tes tarifs.

– Je ne le fais pas pour l'argent.

– Tu devrais. Imagine l'appartement que tu pourrais avoir. Imagine les fringues que tu pourrais porter.

Elle leva le menton vers moi.

– Qu'est-ce qu'il a, mon appart ?

Je soutins son regard.

– Je ne savais pas que t'étais snob…

Elle le dit avec un sourire en coin, comme si mon insinuation ne l'insultait pas réellement.

– Je ne suis pas snob. J'aime profiter des plaisirs de la vie, c'est tout. Et tu devrais aussi.

– Ou tu pourrais apprendre à te contenter de ce que tu as.

– Seuls les gens bornés pensent comme ça — et tu n'es pas bornée.

Je continuai de fumer mon cigare, le tenant entre mes doigts, le bras posé sur le genou.

– Ton ambition est sexy, mais tout le monde ne pense pas comme toi.

Je fixai son profil, chérissant le lien que nous avions. Je pouvais être entièrement honnête avec elle, et elle ne me traitait pas de trouduc.

– Si je t'achetais un appartement, tu l'accepterais ?

– Ouah, je n'avais pas réalisé que tu détestais cet endroit.

– Je veux seulement que tu aies tout ce que tu mérites.

Elle resta silencieuse un moment.

– Merci pour l'offre, mais j'aime vivre ici. Enfin, j'y songerais si tu venais avec le nouvel appart... ajouta-t-elle sans me regarder.

– Tu veux habiter avec moi ?

J'eus d'abord du mal à l'imaginer, à imaginer une vie où je partageais mon antre avec quelqu'un d'autre jour et nuit, où j'ouvrais mon placard et voyais des robes et des escarpins d'un côté. Quand j'entrerais dans la salle de bain, il y aurait des produits de beauté sur le comptoir, et un rasoir rose dans la douche. Le premier tiroir de ma commode contiendrait ses sous-vêtements, ses soutifs de dentelle et ses strings colorés. Ce serait une violation de mon espace, mon identité. Mais si elle vivait chez moi... je la verrais se coucher vêtue de mon t-shirt tous les soirs, se pavaner dans la chambre en petite culotte en sortant de la douche, se réveiller sans maquillage tous les matins.

Elle ne me regardait toujours pas.

– Oui... si tu me le demandais.

Je faillis le faire.

Mais ce serait mal de lui demander, car mes propres hommes voulaient ma tête. Ma résidence n'était pas à l'abri d'une attaque potentielle, et je ne voulais surtout pas que Laura y soit, surtout si je n'y étais pas moi-même.

Alors je ne dis rien.

C'était gênant au début, comme si elle attendait que je lui demande. Mais comme je ne le faisais pas, la tension finit par se dissiper.

– Je dois y aller.

Je sortis du lit, écrasai la cendre de mon cigare et remis les fringues que je portais en arrivant.

Elle enfila un de ses t-shirts amples. Il était fin, montrant ses mamelons durs à travers le tissu. Elle me raccompagna à la porte, n'ayant pas l'air fâchée ou déçue de mon rejet. Elle semblait seulement heureuse de m'avoir tout court.

Lorsqu'elle me regardait ainsi, comme si j'étais la plus belle chose qui lui soit arrivée dans sa vie, ça me bouleversait à l'intérieur. J'envisageais des options auxquelles je n'avais jamais songé auparavant. Je caressais l'idée d'une vie différente.

Elle me suivit jusqu'à la porte.

– Passe une belle journée, dit-elle en m'embrassant.

– Et toi une belle nuit, ma chérie.

18

LAURA

Ça faisait longtemps que je n'avais pas mis les pieds dans mon bureau. Il y avait même des toiles d'araignée sous la table. J'envoyai quelques emails, je passai des coups de fil, j'informai mes clients que j'avais repris mon activité et rouvert la boutique.

C'était bon de reprendre le travail, de revenir à Paris, de revoir Bartholomé. Mais je ressentais une sorte de vide en moi depuis que mon père avait menacé de me tuer. Je n'attendais pas grand-chose de lui, mais j'avais quand même du mal à accepter sa cruauté.

J'aurais dû le tuer.

J'avais laissé passer ma chance, et elle ne se représenterait pas.

L'inconvénient de fréquenter un vampire, c'était l'emploi du temps inversé. Quand je bossais, Bartholomé dormait. Quand je dormais, il bossait. Il n'y avait jamais de bon moment pour appeler ou envoyer un texto.

Son message s'afficha sur mon écran.

Tu n'es plus disponible ce soir.

Ah bon ? J'espère que c'est pour un plan cul…

Si tu la joues finement.

Je vais porter une tenue de salope, alors. On va où ?

Dîner.

Punaise, Bartholomé m'invitait à dîner ? C'était une première.

Je passe te prendre à 19 h.

———

J'optai pour une petite robe noire en nylon à fines bretelles, super moulante. Je l'accessoirisai avec des bijoux en or et des escarpins noirs. C'était la première fois que je sortais en public avec Bartholomé à Paris, et ça me rendait nerveuse — comme s'il s'agissait d'un premier rencard.

Ça s'y apparentait, en tout cas.

Quand il passa me chercher, je fus surprise de le voir porter une autre tenue que son jean noir et ses bottes.

Mon homme avait dans ses placards une chemise blanche.

Et il était *bôôôôô*.

Je le scrutai de haut en bas, tellement occupée à le mater que je ratai son regard d'approbation.

– Donc tu as bien d'autres vêtements.

Il ignora mon trait d'humour, glissa la main dans mes cheveux et m'embrassa. Comme toujours, sa grande main me pelota le cul, relevant le tissu pour toucher la chair nue. Il me tripotait toujours quand il me voyait, mais ça ne me gênait pas du tout.

Il descendit une bretelle et tira sur la robe pour faire jaillir un sein, tout en me poussant à reculons contre le mur.

– Et le dîner ? demandai-je alors qu'il me tripotait de plus belle, retroussant ma robe et tirant sur mon string.

J'avais le souffle court tant ses lèvres me brûlaient le cou.

– Tu crois que je ne vais pas te baiser quand t'es fringuée comme ça ?

Il me retourna et me plaqua contre le mur. Il me pénétra l'instant d'après, me pilonnant à fond de sa grosse queue.

Je criai parce que j'avais mal, mais c'était incroyable.

Il me prit debout, sa paume aplatie sur mon ventre, sa bouche me soufflant dans l'oreille.

– Et je te rebaiserai quand on rentrera à la maison.

―――――

Je me remaquillai et me recoiffai avant de partir parce que j'avais l'air d'être passée sous un train. Mais ça valait le coup de se faire tringler comme une pute. Nous étions maintenant assis à une table dans l'un des meilleurs restaurants de la ville, où il y avait une liste d'attente d'un an. J'y étais allée une fois, invitée par un client milliardaire.

Bartholomé n'était pas un habitué des restaurants étoilés, mais il y était parfaitement à sa place. Il savait quel vin commander et comment se comporter comme s'il avait fait ça une centaine de fois. À croire que cet homme avait une vie secrète.

– Tu as déjà mangé ici ? lui demandai-je.

– Oui.

– Souvent ?

– Oui.

– Tu n'as pas l'air d'un homme qui aime la grande cuisine.

Il saisit le pied de son verre et but une gorgée.

– Ça fait partie du métier.

– La grande cuisine ? Tu avais réservé pour une autre occasion et tu ne voulais pas laisser filer cette table ?

– Je n'ai pas réservé.

– Alors comment tu as eu une table ?

– Je suis le propriétaire.

Je me giflai mentalement à son explication, car elle était parfaitement logique et j'aurais dû m'en douter. Il m'avait dit qu'il possédait beaucoup de commerces à Paris, car c'était le seul moyen de blanchir son argent.

Il prit la bouteille et remplit mon verre.

Parfois, j'oubliais qui était Bartholomé. Pour moi, il était mon amant, mais pour tous les autres, c'était un baron de la drogue milliardaire.

– Tu es déjà venue ? demanda-t-il.

– Une fois, et j'ai adoré.

– Avec qui ?

– Un client.

Je notai qu'il avait ignoré mon compliment. Il ne se souciait probablement pas de savoir si les gens aimaient ou non le restaurant.

– Il est super riche, alors il a pu obtenir une réservation.

Ils demandaient un acompte de cinquante pour cent, ce qui représentait cinq cents euros. Je n'avais pas cette somme à l'époque.

Il but de nouveau.

– C'est la première fois qu'on sort ensemble... C'est sympa.

– Je suis content que ça te plaise.

– Tu ne fais pas ce genre de choses, n'est-ce pas ?

Je voyais bien que cette expérience n'était pas aussi agréable pour lui que pour moi.

– Pour le travail. Pas pour le plaisir.

– Tu n'as jamais invité une femme à dîner pour le plaisir ?

Il secoua discrètement la tête.

– Ça ne fait que retarder la partie de baise, et le cul est tout ce qui m'intéresse.

– Et avec moi ?

Ses yeux sombres m'observaient, immobiles comme l'eau d'un lac, d'un brun foncé comme la terre après la pluie. Le restaurant était décoré d'or et la lumière douce accentuait les ombres sous sa mâchoire. Le temps semblait s'écouler différemment pour lui que pour le commun des mortels, car les longues pauses de silence ne le troublaient pas.

– Ce n'est pas du tout la même situation.

– Pourquoi ?

Je connaissais déjà la réponse, mais je voulais l'entendre dire, savourer le fait d'être à nouveau ensemble, de l'avoir pour moi seule. Les heures passées avec lui ressemblaient encore à un rêve après le cauchemar de son absence.

– Parce que tu es ma gonzesse.

À la seconde où la porte se referma, il était sur moi.

Il tira sur le haut de ma robe pour exposer mes seins, et releva le bas au-dessus de ma taille. Il glissa les pouces sous mon string noir et l'écarta de mes fesses avant de me guider vers le lit.

La robe n'était plus qu'un bandeau autour de mon ventre, mais je portais toujours mes escarpins. Je m'allongeai et je le regardai se déshabiller. Il prenait son temps pour faire sauter ses boutons un à un, sans me quitter des yeux. Il finit par enlever sa chemise, dévoilant les sillons et les bosses de son impressionnante musculature. Puis il se débarrassa de son pantalon, libérant sa grosse bite, aussi bandée qu'elle l'était avant notre départ pour le restaurant.

Mince, il était chaud.

Il remonta le long de mon corps et me fit prendre sa position préférée, les jambes repliées comme un bretzel, le bassin incliné pour me pénétrer sans effort.

– Attends.

Il s'immobilisa, cherchant le malaise dans mes yeux.

Je glissai les doigts dans ses cheveux et je l'embrassai. Un baiser langoureux, déterminé. Je léchai ses lèvres, léchai sa langue. Je pris mon temps pour chérir cet homme devenu mon dieu vivant.

Il me laissa décider du rythme, ralentir le désir jusqu'à ce qu'il ne soit plus qu'un doux frémissement. Il m'attrapa la cheville, me déchaussa et me colla le pied contre sa poitrine. J'avais toujours été flexible, et c'était une bénédiction avec cet homme qui me modelait à sa guise. Ses lèvres sur les miennes, il avança son sexe jusqu'à ma fente et écrasa son gland sur mes grandes lèvres, comme un baiser impérieux, puis il s'enfonça dans mes chairs et plongea dans l'humidité.

Je respirai contre sa bouche tandis qu'il s'enfonçait jusqu'au bout. Mes doigts courant dans ses cheveux épais, je lui avouai mes sentiments.

– Je t'aime.

Je le murmurai contre ses lèvres en le serrant de toutes mes forces.

Sa bouche lâcha la mienne et il me regarda dans les yeux. Il commença à tanguer en moi, le regard brûlant et intense, me possédant avec l'esprit comme si le corps ne suffisait pas. Il ne me baisa pas comme plus tôt. Il me prit lentement parce que c'était ce que je voulais, prendre notre temps et nous sentir vraiment l'un l'autre, sentir nos cœurs battre à l'unisson.

Il ne me retourna pas mes mots d'amour. Il avait juré qu'il ne me dirait jamais qu'il m'aimait. Qu'il ne me demanderait jamais de l'épouser. Il semblait tenir cette promesse en gardant le silence. Mais ce silence ne me dérangeait pas, car il ne perdit pas son ardeur, ne me repoussa pas. Il resta ancré dans le présent avec moi, me désirant autant qu'avant. Il continuait de me faire l'amour comme s'il ressentait la même chose — même si ce n'était pas le cas.

19

BARTHOLOMÉ

Je fumais mon cigare en regardant par la fenêtre.

Le Premier ministre était à ma merci, et je comptais bien le saigner à blanc. Mais il n'aurait bientôt plus rien à me donner et la nouvelle frontière que j'avais acquise se fermerait de façon permanente.

J'avais passé une nuit de merde, aussi j'étais réveillé en plein jour, à regarder les rues fourmiller de touristes comme la foutue peste. Les riches se réfugiaient toujours dans leur maison de vacances au bord du lac de Côme pour les éviter. Je restais parce que je n'avais pas le luxe de bosser depuis mon laptop.

Blue entra dans le salon et s'assit à côté de moi.

J'indiquai la boîte de cigares, lui en offrant un.

Il n'en prit pas.

– C'est ce soir que ça se passe, annonça-t-il.

Je pris une bouffée avant de relâcher un épais nuage de fumée.

– Combien de types ?

– Je ne sais pas.

– Où ça ?

– Je ne le sais pas non plus. Je l'ai entendu de Nico, qui l'a entendu de Tyler, qui l'a entendu de Cameron. Le tuyau est peut-être bidon, mais on devrait le prendre au sérieux. Il a sans doute l'intention de s'en prendre à toi seul à seul — ou bien il a acheté tes gars.

Si c'était vrai, Blue était le seul à qui je pouvais faire confiance.

– Je vais être au bar ce soir. Assure-toi que les personnes concernées le sachent.

– Quel est ton plan ?

– M'occuper de lui — d'homme à homme.

J'étais assis seul au bar, vêtu d'un t-shirt et d'un jean, un verre à la main. Il y avait quelques autres clients dans la salle, des individus qui devraient partir bientôt s'ils ne voulaient pas se retrouver pris entre deux feux.

J'étais dos à la fenêtre, que je savais blindée parce que le bar m'appartenait.

Mon portable vibra sur le comptoir.

Tu me manques.

Il y avait quelques jours que je n'avais pas parlé à Laura. Pas parce que je voulais l'éviter, mais parce que mon travail m'accaparait. Parfois les nuits étaient tranquilles, mais il y en avait qui duraient pendant des jours — comme celle-ci.

Tu me manques aussi.

Alors pourquoi tu n'es pas chez moi ?

J'aurais aimé pouvoir y être, enfoui dans les cuisses de cette femme, mais j'étais coincé sur un tabouret dans un bar presque vide à attendre mon propre tueur à gages.

J'ai beaucoup de boulot. Je passerai quand je peux.

Je lui disais toujours la vérité. Si je mourais ce soir, alors ce serait notre dernière conversation.

Tu ne m'évites pas à cause de ce que j'ai dit ?

Je fixai la question sur l'écran, sentant l'insécurité dans ses mots.

Je ne suis pas ce genre d'homme.

Il m'en fallait bien plus pour m'effrayer. Ses sentiments ne m'intimidaient pas.

La porte du bar s'ouvrit — et Silas entra.

Je tapotai le zinc pour attirer l'attention du barman.

– Écoute-moi bien, dis-je tout bas. Après avoir servi à boire à ce type, trouve une excuse pour aller derrière et ne reviens plus.

Il arrondit les yeux et s'immobilisa, paralysé par mes mots.

– Compris ?

– Oui.

Silas s'approcha, un grand sourire aux lèvres.

– Tu bois seul ?

– Comme j'aime le faire.

Il laissa un tabouret entre nous et tapa le comptoir de la main.

– Vodka-canneberge.

Un cocktail de gonzesse.

Les mains tremblantes, le barman lui servit son verre, en renversant un peu sur le bar, puis il le posa devant Silas.

– Tu vas nettoyer ça ? demanda Silas.

– Bien sûr… dit l'homme en essuyant le comptoir avec son torchon. Je dois aller chercher des serviettes dans la réserve.

Il s'éloigna et nous laissa seuls.

Je bus mon scotch, battant froid à Silas.

– Qu'est-ce que tu veux ? demandai-je sans le regarder.

Il fit pivoter son tabouret vers moi.

– Qu'est-ce qui te fait croire que je veux quelque chose ?

– T'as pas du boulot à faire ?

Je lui avais donné une mission cette semaine, et il avait manifestement choisi de l'ignorer. J'en étais conscient, mais je faisais semblant du contraire.

Silas se tut, irrité par mon commentaire.

Comme je l'avais espéré.

Je fis pivoter mon tabouret à mon tour et je le regardai en face.

– Alors, c'est quoi ton plan ? Me tirer dessus ? Qui porte un blouson en juillet ?

Il avait un pistolet dans sa poche gauche ; il pouvait facilement y glisser la main et me tirer dessus en douce. On n'apprend pas à un vieux singe à faire la grimace.

Silas s'efforça de rester impassible, mais il échoua.

– J'ai une meilleure idée, dis-je en renversant la tête et descendant mon verre. Battons-nous — comme des hommes.

J'ôtai mon t-shirt, révélant mon torse nu. Je n'avais pas de gilet pare-balles pour me protéger. Je me levai, je pris une bouteille de bière derrière le bar et je la fracassai dessus, la brisant pour en faire une arme.

Silas me regarda, la main sur son verre.

À ce moment-là, la porte s'ouvrit et ses sbires entrèrent. Ils me croyaient sans doute déjà mort.

– Tue-moi — et tu hérites de tout, dis-je.

Ses yeux fouillèrent les miens.

– Ou bien tu peux me tirer dessus comme un lâche. C'est plus ton style.

Là, il se leva. Il prit une bouteille, la fracassa contre le bar à son tour, et la bière et la mousse coulèrent. Il avait maintenant une arme aussi tranchante que la mienne.

Les clients en profitèrent pour se précipiter vers la sortie de secours et débarrasser le plancher au plus vite.

J'écartai d'un coup de pied l'une des tables voisines pour faire place nette. J'étais face à lui, ma main serrant le col de ma bouteille cassée, mon pouls calme et régulier. Nous nous toisâmes en silence un long moment.

Puis il se précipita vers moi en fendant l'air de son arme.

Je m'écartai du chemin, puis je me baissai immédiatement en anticipant le coup suivant. Je restais sur la défensive, le laissant rater un coup après l'autre et gaspiller toute son énergie avec ses attaques maladroites.

Je l'esquivai et reculai.

– J'en ai marre de tes conneries, Bartholomé.

– Dommage, on vient juste de commencer.

Il serra la mâchoire, le visage rouge de colère.

– Tu ne mérites pas notre loyauté. Tu te fous de nous.

– C'est faux.

– Ah bon ? dit-il en faisant un pas en avant, son t-shirt taché de bière. Alors parle-moi de John. C'était qui ?

Je ne comprenais pas la question.

– Sa femme s'appelait Johanna. Son fils...

– Tu vois ? T'as pas la moindre foutue idée.

Je ne comprenais toujours pas, et je ne baissai pas la garde, sachant que c'était sans doute une diversion.

– Tu ne savais pas que John était mon frère — parce que tu te fous de nous tous.

Je restai impassible, cachant ma surprise. Non, je ne le savais pas, et je ne savais pas non plus comment j'avais fait pour l'oublier... ou peut-être que je ne l'avais jamais su. Tout s'expliquait maintenant, sa colère irrationnelle, sa résistance silencieuse.

Silas se lança sur moi en balayant la bouteille de gauche à droite.

J'évitai tous les coups — sauf un.

Il m'entailla le bras, et le sang se mit à pisser.

La vue du liquide rouge l'encouragea, et il se prépara à porter le coup de grâce.

Je me penchai pour l'esquiver, puis je tournai sur moi-même et lui tordis le bras en l'écrasant contre une table. Il lâcha son arme.

Il hurla et essaya de se libérer de mon emprise, sachant que ma bouteille cassée était destinée à son cou.

Je la lançai plutôt contre le mur, puis je lui donnai un coup de pied derrière les genoux. Il s'écroula, et je l'écrasai contre le sol. Ma botte se posa sur sa tête, l'obligeant à rester immobile.

– Si je me foutais de mes hommes, tu serais mort à l'heure qu'il est.

Il haletait, la joue écrasée contre le bois.

– Ça suffit, ces conneries, dis-je en écartant ma botte de son crâne. Ta trahison est passible de mort, mais je vais t'épargner. Je suis désolé d'avoir laissé John mourir, mais on est quitte maintenant. Je sais que John voudrait que tu acceptes mon pardon et que tu restes en vie.

Il resta par terre, respirant toujours fort.

Je lui tendis la main.

Il resta là, luttant à accepter l'humiliation. Je l'avais non seulement battu, j'avais aussi eu la miséricorde de l'épargner. Je lui rappelais exactement pourquoi j'étais aux commandes, pourquoi j'étais à la tête des Chasseurs depuis dix ans.

Il finit par se redresser, sans prendre ma main.

Je la retirai.

– Tout est OK ?

Il n'osait pas me regarder, trop furieux.

Je haussai le ton.

– L'offre n'est pas éternelle, Silas.

– Oui, dit-il en croisant enfin mon regard. Tout est OK.

―――

L'entaille était profonde, et je dus demander à mon toubib privé de me faire des points de suture. La plaie fut pansée avec de la gaze pour la laisser guérir. Je ne voulais pas que Laura la voie, car elle s'inquiéterait, mais j'en avais pour au moins cinq jours à porter le bandage, puis j'aurais une cicatrice ; elle la remarquerait de toute façon.

J'arrive.

Je ne demandais jamais la permission. Si elle était à moi, alors je pouvais aller la voir quand ça me chantait. Je n'avais pas besoin de me justifier.

J'ai trop hâte de te voir.

J'arrivai quinze minutes plus tard et j'entrai dans son appartement sans frapper, comme si j'étais chez moi.

Elle était dans la cuisine — nue comme un ver. Elle venait de se servir du vin et elle but une gorgée, ses nichons en évidence. Elle affichait un sourire en coin, comme si elle aimait prendre quelqu'un comme moi par surprise.

– Je te sers à boire ? demanda-t-elle.

Je m'avançai lentement vers elle, contournant l'îlot de cuisine.

– Oui, dis-je en lui prenant le verre des mains et buvant une gorgée.

Elle m'étudia, les tétons bandés par la brise.

Puis je basculai le verre et je lui versai du vin sur tout le corps, regardant les rivières couler sur sa poitrine et son ventre. Une petite flaque se forma à ses pieds, et ses seins durcirent au contact du liquide frais.

Je la soulevai et l'assis sur le comptoir, puis je lui embrassai le corps, la léchant, goûtant sa peau et les notes corsées de son vin bon marché. Je lui suçai les mamelons avant de descendre jusqu'à son nombril percé et d'en aspirer le contenu. Je descendis plus bas encore, buvant le liquide sur ses cuisses.

Je la penchai en arrière et je fis couler plus de vin sur elle, le regardant ruisseler jusqu'à sa chatte, puis dégouliner par terre. Je m'agenouillai, imbibant mon jean pour pouvoir l'embrasser, goûter le vin mélangé à son parfum sucré.

Elle gémit en sentant ma langue, pressant ma tête entre ses cuisses.

– Oui...

Elle s'étendit sur le dos, me laissant lui procurer du plaisir sur le comptoir de la cuisine, le sol autour de nous maculé de vin.

Bientôt, elle était au bord du gouffre, et ses gémissements se réverbéraient sur le plafond. Je n'avais jamais eu de mal à faire jouir une femme, mais avec Laura, c'était particulièrement facile. Je la soulevai dans mes bras et la portai jusqu'à la chambre, où je l'allongeai sur le lit avant d'ôter mon t-shirt.

C'est là qu'elle remarqua mon bras.

– Qu'est-ce qui t'est arrivé ?

Je baissai mon froc, espérant que ma nudité captive son attention. Je posai les genoux sur le matelas et je m'approchai d'elle, prêt à la défoncer.

– Bartholomé, dit-elle, mais pas de la façon sexy que j'aimais.

L'inquiétude teintait sa voix, et elle était complètement sortie de sa transe.

– Réponds-moi.

Je lui empoignai les cheveux et je tirai sa tête vers l'arrière.

Elle s'immobilisa à mon geste agressif.

– Plus tard.

Je ne l'avais pas baisée depuis des jours, et la dernière chose dont je me souciais en ce moment était l'égratignure sur mon bras.

Elle n'osa plus protester.

Je la pliai en deux sous moi, puis je glissai dans sa fente divine. Un poids s'était envolé de mes épaules, et m'enfoncer au creux de ses cuisses était exactement la façon dont je voulais célébrer.

―――――

J'étais assis à la table à manger, vêtu de mon jean, et je fumais un cigare.

Dans mon t-shirt, elle s'affairait dans la cuisine, nous préparant à dîner.

– Alors ?

Elle avait à peine attendu quinze minutes avant de reprendre l'interrogatoire.

Je pris une autre bouffée de cigare, puis je laissai la fumée monter au plafond.

– J'ai eu une altercation.

– À l'évidence.

Elle porta deux assiettes à la table. Notre dîner était accompagné d'une bouteille de vin bon marché et d'une baguette de pain. Avec tout l'argent sur son compte, elle pourrait se permettre mieux, mais peut-être qu'elle n'appréciait pas encore les petits plaisirs de la vie. Elle ignora son assiette, préférant soutenir mon regard pour me tirer les vers du nez.

– Tu ne veux pas connaître l'histoire, ma chérie.

– Pourquoi pas ?

Parce que c'est arrivé par ta faute.

– Deux de mes hommes sont morts à Florence. Dont le frère d'un des Chasseurs, et ce type me tient responsable de sa mort. Beaucoup de mes hommes ne me font plus confiance et ne me respectent plus. Du coup, il a essayé de me tuer.

Sa curiosité s'évapora aussitôt, et lorsque sa gorge s'assécha, elle but une gorgée de vin.

– Mais tu l'as tué.

– En fait, je l'ai épargné. On s'est battus avec des bouteilles cassées. Il m'a coupé le bras, mais j'ai pris le dessus sur lui. Au lieu de le tuer, j'ai fait preuve de clémence pour retomber dans les bonnes grâces de mes hommes.

– Tu n'as pas peur qu'il réessaie ?

Je haussai les épaules.

– Il n'aurait pas le soutien des autres gars s'il le faisait. Ce serait une attaque clandestine, et il y aurait des répercussions. C'était sa seule chance — et il l'a ratée.

– Comment va ton bras ?

– J'ai eu besoin de points de suture.

Elle souffla.

– Je suis contente que tu sois sain et sauf.

– Je suis toujours sain et sauf.

– Et je suis désolée… de t'avoir attiré autant d'ennuis.

Elle ne croisa pas mon regard, trop honteuse.

– Je sais.

Enfin, il n'y avait plus d'amertume. Ce chapitre était clos.

J'éteignis mon cigare, puis nous mangeâmes en silence. Elle avait fait du poulet massala en deux temps, trois mouvements, comme si elle l'avait fait des centaines de fois. Elle n'était pas chef cuisinière, mais ses plats étaient délicieux. Elle dévora le pain, mais je n'y touchai pas.

Les yeux baissés, elle parla.

– C'est sorti tout seul. Je n'ai pas réfléchi. Je suis désolée si je t'ai mis mal à l'aise, et je te serais reconnaissante de faire comme si ce n'était jamais arrivé.

Elle coupa sa viande juteuse et prit une bouchée.

Je mis un instant à comprendre de quoi elle parlait.

– D'accord.

Elle garda les yeux baissés.

– Mais je le savais déjà.

Elle releva immédiatement la tête, et ses yeux trouvèrent les miens.

– Peu importe que tu le dises ou pas.

– Co... comment tu l'as su ?

– Je le sens.

20

LAURA

Bartholomé s'assit sur le bord du lit et enfila ses bottes. Il entreprit le long processus de laçage avant de bien serrer les cordons et de les nouer.

Je portais encore son t-shirt et je n'avais pas l'intention de l'abandonner.

– Tu ne peux pas rester ?

Le climat s'étant apaisé avec ses hommes, j'espérais qu'il aurait plus de temps à me consacrer. Nous dormions rarement ensemble, mais chaque fois, c'était magique. J'aimais voir son visage le matin en me réveillant.

Il me regarda, les bras posés sur les genoux.

– Je peux rester jusqu'à ce que tu t'endormes.

Il s'était réveillé il y a quelques heures à peine, il n'allait donc pas se recoucher maintenant et dormir avec moi.

J'acceptai sa proposition.

– D'accord.

Il délaça ses bottes et les enleva avant de se déshabiller, ne gardant que son caleçon.

J'enlevai son t-shirt pour qu'il puisse le remettre en partant.

Nous nous couchâmes à demi nus. Son bras puissant m'enveloppa et me tira vers lui. Nichée dans sa chaleur et son parfum viril, j'étais bien. J'observai son visage près du mien, chérissant ses beaux yeux, et je sentis mon cœur se remplir. J'effleurai sa poitrine et son cou du bout des doigts, traçant les cordes tendues sous sa peau.

Il me fixait, clignant à peine des paupières.

– Je peux te demander quelque chose ? chuchotai-je, me sentant courageuse.

Ses yeux fouillèrent les miens.

– Oui.

– Est-ce qu'un jour tu voudras plus...?

J'étais tombée amoureuse de cet homme et je voulais passer ma vie à ses côtés. Je voulais ses jours et ses nuits. Je voulais être sa femme, la mère de ses enfants. Mais est-ce qu'il voudrait un jour de cette vie ?

– Quand tu as fixé les règles de notre relation, tu as clairement stipulé qu'il ne serait jamais question de *plus*.

– C'était avant que je tombe amoureuse de toi.

Ou que j'admette l'être.

Son expression resta impassible, insensible à ma déclaration d'amour.

– Définis « plus ».

– Vivre ensemble, peut-être ? lançai-je avec espoir.

– Tu veux vivre avec moi ?

– Oui... j'adorerais.

– D'accord.

Quoi ?

– D'accord pour quoi ?

– Je t'ai déjà demandé d'emménager chez moi, et tu as dit oui.

J'avais cru qu'il plaisantait.

– Vraiment ?

– Vraiment.

Je sentis un sourire me distendre les lèvres.

– Donc tu veux plus... Personne ne demande à quelqu'un de vivre avec lui s'il ne l'aime pas.

– Qui a dit que je ne t'aime pas ?

Mon sourire s'effaça et une tension me comprima la poitrine. J'eus soudain l'impression de manquer d'air, d'être au bord d'une crise de panique. Puis mon malaise se dissipa en un instant, et j'éprouvai un sentiment de paix et de bonheur.

– J'ignorais que tu ressentais ça.

– Je ne suis pas du genre à déballer mes sentiments. Mais je pense que je t'aime depuis bien plus longtemps que toi, dit-il le visage dur, sans une once d'émotion. Je t'aurais laissé mourir sinon.

Ses mots étaient beaux au début, mais ils avaient un arrière-goût horrible. J'avais choisi mon père, un homme qui n'aurait pas hésité à me tuer, plutôt que l'homme qui m'aimait assez pour tout sacrifier pour moi.

Il dut lire la détresse sur mon visage, car il me dit :

– C'est du passé. Laisse tomber.

– C'est difficile...

– Je l'ai fait.

Ses doigts s'enfoncèrent dans mes cheveux et il m'embrassa sur le front.

– Je t'ai pardonné, Laura. Pardonne-toi à toi-même.

―――

Je n'avais pas beaucoup de cartons à faire.

Je donnerais le mobilier à une œuvre de bienfaisance, car l'appartement de Bartholomé était déjà meublé. Je n'y étais pas allée souvent, et j'avais passé la plupart du temps dans sa chambre, mais on voyait bien que son mobilier avait été conçu sur mesure par des designers talentueux. Ma table IKEA n'avait rien à faire chez lui.

Je n'emportai donc que mes vêtements.

Et j'avais *beaucoup* de vêtements.

J'ouvris mes placards et j'entrepris de les empiler dans les cartons, en les laissant sur leur cintre. Je passai en revue mes souvenirs, les albums-photos de ma famille à l'époque où tout allait bien. Ma mère était magnifique et mon père semblait heureux.

Mais avait-il été vraiment heureux un seul jour dans sa vie ?

La porte de mon appartement s'ouvrit et de lourdes bottes martelèrent le sol.

– Par ici.

J'étais assise par terre dans ma chambre, mes affaires éparpillées partout, une pile de cartons pliés près du mur.

Bartholomé entra, tout de noir vêtu comme à son habitude, et me contempla de la porte.

– J'espère que tu as de la place dans ton dressing pour toutes ces fringues.

– Oui.

– Tant mieux, car je les prends toutes sans exception.

Il esquissa un petit sourire, puis il s'assit par terre, adossé contre le mur, les bras posés sur les genoux.

– Tu penses être prête quand ?

– Dans deux ou trois jours. C'est pas facile de faire mes cartons en bossant toute la journée.

– Tu veux garder tes meubles ?

– Non. Ils seraient trop moches chez toi.

Mais c'était sympa de sa part de le proposer.

– Tu as faim ?

– Tu sais bien que j'ai toujours faim.

Il sourit de nouveau, puis il se leva.

– Tu veux manger où ?

– Dans un bistro de quartier, je ne suis pas super élégante.

J'étais en jean et t-shirt, la tenue idéale pour travailler chez moi. Je ne m'étais pas non plus maquillée, de peur de transpirer en faisant mes cartons.

– C'est vrai ? J'avais pas remarqué.

Nous entrâmes dans une boutique qui vendait des sandwichs et du café. Nous commandâmes à la caisse, nous portâmes nous-mêmes le plateau à table, puis nous nous assîmes l'un en face de l'autre. Je pouvais boire du café toute la journée et je n'hésitai pas à prendre un espresso. Bartholomé commanda aussi un café, car c'était le matin pour lui.

Notre relation était différente depuis qu'il m'avait dit ce qu'il ressentait pour moi.

Qu'il m'aimait.

Je m'étais sentie tellement seule ces sept dernières années. Et cette solitude avait atteint son paroxysme lorsque mon père m'avait trahie. Sans famille, j'avais l'impression de flotter dans les limbes, d'être apatride, de ne manquer à personne parce qu'il n'y avait personne pour s'apercevoir de mon absence. Mais aujourd'hui, tout était différent.

Je me sentais complète. Je me sentais à ma place. J'avais l'impression... d'avoir une famille.

Bartholomé était tout ce dont j'avais besoin.

Il tenait le sandwich d'une main, le coude sur la table, son café noir fumant. Il détonnait dans ce lieu, non par sa tenue noire, mais par sa beauté. Il se distinguait du commun des mortels partout où il allait.

– Qu'est-ce qu'il y a, ma chérie ?

– Pardon ?

Je me rendis compte que je tenais mon sandwich sans mordre dedans, et que je le dévisageais comme une cinglée.

– J'étais perdue dans mes pensées...

– Tu pensais à quoi ?

– Euh...

Beaucoup de pensées m'avaient traversé dans la dernière minute, mais je les gardai pour moi.

– Je ne veux pas être comme ces femmes obnubilées par l'avenir, mais... est-ce que le *plus* inclut le mariage ? Parce que... j'aimerais t'épouser un jour.

C'était un homme difficile à cerner, et si je ne posais pas de questions directes, je n'aurais pas de réponses.

– Je suis le genre d'homme que tu voudrais épouser ?

– Oui, répondis-je sans hésitation.

– Parce que tes craintes sont toujours valables.

Bartholomé était un homme dangereux qui vivait dans un monde dangereux — ce qui me rendait vulnérable. Cela pèserait toujours au fond de mon esprit.

– Je sais que je serai toujours en sécurité avec toi.

Sa réaction fut subtile, mais je vis qu'il était touché.

– Je sais que tu me protégeras toujours.

Je le pensais, sinon je n'aurais jamais envisagé une vie avec lui. Il n'était pas le mari idéal au début, mais je savais que je n'aimerais jamais un homme comme j'aimais Bartholomé. Je voulais passer ma vie avec lui.

– Je ne suis pas contre le mariage... un jour.

C'était un rêve qui se réalisait et j'aurais dû m'arrêter là, mais je voulais savoir.

– Et des enfants ?

Il changea d'humeur à cette question.

– Tu devrais déjà connaître ma réponse.

– Tu as affirmé que tu ne me dirais jamais que tu m'aimais et que tu ne me demanderais jamais en mariage — mais ça a changé.

– Seulement parce que tu m'as fait comprendre que tu ne voulais ni l'un ni l'autre, pas parce que je ne le voulais pas. Tu crois que je deviens fou de jalousie à cause d'un moins que rien juste pour le plaisir ? Tu crois que j'ai exigé d'être ton seul homme parce que je suis un connard possessif ? Non, c'est parce que j'étais amoureux de toi, Laura.

Notre histoire aurait été différente si je l'avais su.

– Mais les enfants, je ne changerai pas d'avis à ce sujet.

Oh, ça faisait mal.

– Ce serait irresponsable d'en avoir de toute façon, vu mon métier. Quel genre de parents on serait si on pensait que c'est un environnement sain pour des enfants ? Tu le sais mieux que personne après tout ce que tu as vécu.

– Eh bien... dans ce scénario, tu serais retiré des affaires.

Il me regarda comme si je l'avais insulté.

– Cette conversation me gonfle, mais je comprends qu'elle est nécessaire avant d'aller plus loin. Alors je vais être très clair. Il n'existe aucun scénario dans lequel on aurait des enfants. Aucun scénario où je déciderais soudain que la paternité est faite pour moi. Tout le monde n'est pas fait pour être parent. Et certainement pas moi.

– Même pas pour être avec la femme que tu aimes…?

Sa réponse fusa.

– Non.

– Je peux te demander autre chose ?

Il lâcha un soupir agacé, comme si cette discussion lui filait mal à la tête.

– C'est parce que tu ne veux pas d'enfants ou parce que tu ne te sens pas capable de les élever ?

– Les deux.

– Je comprends ce que tu as vécu avec tes parents…

– Non, tu ne comprends pas. Comme je ne comprendrai jamais comment ton père peut te regarder dans les yeux et te menacer de te tuer. Tu peux analyser mon passé autant que tu veux, ça ne changera pas mon avenir. Ma lignée meurt avec moi. Si on ne se suffit pas à nous deux, alors c'est sans doute la fin de notre histoire.

Je ne pouvais pas imaginer ma vie sans enfants, mais je ne pouvais pas non plus imaginer ma vie sans lui.

– Est-ce que tu pourrais changer d'avis sur les enfants un jour ?

– Non.

– Tu penseras peut-être autrement après avoir été marié pendant un certain temps...

– Non.

– Bartholomé...

– *Laura*. La réponse est non. Ce sera toujours non. Je te fais suffisamment confiance pour savoir que tu ne me piégerais pas. Et si tu le faisais, je t'aiderais financièrement, mais je ne passerais pas un seul instant avec cet enfant.

J'en restai muette de stupeur.

Je n'avais plus d'appétit pour le sandwich. Lui non plus. Notre joie s'était évaporée.

J'avais une décision difficile à prendre. Mais quand j'imaginais l'avenir, le seul visage que je voyais était le sien. Mon cœur appartenait à cet homme et il ne battrait jamais pour un autre. Si je trouvais quelqu'un d'autre, il ne serait jamais le premier dans mon cœur, et ce serait cruel pour lui. Certes, je voulais des enfants, mais je les voulais avec l'homme que j'aimais. Les avoir avec quelqu'un que j'aimais moins… n'avait pas de sens. J'étais persuadée que Bartholomé était capable d'évoluer, car je l'avais vu de mes propres yeux. Je croyais qu'il y avait une chance qu'il change d'avis un jour, mais il n'était pas prêt à le faire aujourd'hui.

– D'accord.

– D'accord pour quoi ? demanda-t-il d'une voix froide.

– Je veux être avec toi, quel que soit le visage de notre avenir.

Il m'observa longuement, sa dureté s'adoucissant lentement comme les vagues transforment le rocher en sable. Le silence se prolongea tandis qu'il semblait me voir sous un œil nouveau.

– Tu en es certaine ?

– Je suis certaine que je n'aimerai jamais personne d'autre comme je t'aime.

Son corps massif se déplaça sur le mien, un mètre quatre-vingt et quelques de perfection au masculin. Il inséra ses hanches étroites entre mes cuisses et me pénétra. Il me remplit centimètre par centimètre jusqu'à ce que sa grosse queue soit entièrement gainée. Ses yeux sombres plongèrent dans les miens, et il se mit à onduler du bassin, bougeant lentement sans que j'aie à le lui demander.

Je remontai les mains le long de son dos musclé jusqu'à son crâne. J'enfonçai les doigts dans ses mèches épaisses en balançant les hanches vers lui. Jamais je n'avais ressenti un lien aussi fort entre nous. Nos corps se rapprochèrent et se frottèrent l'un contre l'autre dans un bruit de soupirs et de gémissements rauques. Je posai la joue sur la sienne en m'ancrant à lui.

– Je t'aime…

J'enfonçai les ongles dans son dos en me perdant dans le moment présent, libre de lui ouvrir mon cœur sans craindre de jugement ni de rejet. Je répétai ces mots encore et encore, sans avoir besoin qu'il me dise « je t'aime ».

Parce que je le sentais.

Mes cartons étaient empilés dans le salon. Les meubles étaient encore là, car Bartholomé devait demander à l'un de ses hommes de s'occuper du déménagement. Je me tenais devant les placards et je regardais les derniers vêtements, ceux qui se trouvaient tout au fond, des fringues que je ne portais presque jamais. Devais-je les prendre ou les donner ?

Je ne les avais pas mises une seule fois en un an, alors autant les donner.

La porte s'ouvrit et des pas résonnèrent.

– J'ai presque fini. Encore deux minutes.

Mon cœur battait toujours la chamade lorsqu'il passait à l'improviste, entrant dans l'appartement sans frapper, car il savait qu'il était toujours le bienvenu chez moi.

Je l'entendis approcher au bruit de ses bottes sur le parquet. Puis il apparut dans l'encadrement de la porte, vêtu d'un jean bleu et d'un t-shirt gris.

C'est alors que je me rendis compte que ce n'était pas Bartholomé.

C'était un autre homme.

Un homme qui me souriait comme un psychopathe.

– Tu attends quelqu'un ?

Il s'appuya contre le cadre de la porte et croisa les bras. Puis il me déshabilla du regard, ses yeux violant mon corps malgré mes vêtements.

– On va se marrer.

21

BARTHOLOMÉ

Le SUV se gara devant l'immeuble, et nous sortîmes du véhicule.

Mon portable sonna, et si ça n'avait pas été Laura, je n'aurais pas répondu.

– Je suis occupé. Je te rappelle.

– Elle ne sera peut-être plus en vie d'ici là.

La voix masculine me fit l'effet d'un crissement d'ongles sur une ardoise. Je me figeai, et tout autour de moi disparut. J'imaginais Silas qui souriait comme un putain de clown au bout du fil.

Mes gars s'arrêtèrent et me regardèrent.

Je n'avais pas le temps de réfléchir à ma réponse. Il m'avait pris de court — et je devais réagir vite.

– Qu'est-ce que tu veux, Silas ?

– Tu ne tournes pas autour du pot, hein ? Je m'attendais à des questions. À des menaces.

Je ne jouais pas à des petits jeux lorsqu'il était question de ma femme.

– J'ai zigouillé tous tes vigiles et je suis entré chez elle. Tu devrais dire à ta nana de verrouiller sa porte.

– Qu'est-ce que tu veux, Silas ? répétai-je d'une voix calme.

– T'es rasoir, Bartholomé.

– Je t'ai accordé ma miséricorde — et c'est comme ça que tu me remercies.

– Ce n'était pas de la miséricorde. C'était un coup de pub.

Un coup de pub vachement réussi.

– Il n'existe pas de scénario où tu survis. Même si tu me tues, ils vont te tuer.

– C'est ce qu'on verra.

– Fais tes demandes.

– Tout ce qu'il faut pour te faire coopérer, c'est une nana... j'aurais aimé le savoir plus tôt.

– Fais tes demandes.

Je perdais patience.

J'entendis le sourire dans sa voix.

– Viens à l'appartement — seul.

– Et tu la laisseras partir ?

– Je verrai comment je le sens.

Je courus dans le couloir et déboulai dans l'appartement, là où j'étais tombé sous le charme de la fille de mon ennemi. Ça avait commencé par des baises banales avec de la lingerie en dentelle, et ça s'était transformé en conversations paisibles pendant des dîners maison avec du vin bon marché. Au lieu de voir une poule de luxe, je voyais maintenant une femme avec une âme identique à la mienne.

Et là, je vivais un cauchemar.

Des hommes se dressèrent devant moi et me palpèrent le corps, cherchant des couteaux ou des pistolets dissimulés. Silas nous regardait, appuyé sur l'îlot de cuisine. Je cherchai des yeux Laura, mais elle n'était nulle part.

Je les repoussai lorsqu'ils eurent fini.

– Elle est où ?

Il pointa la chambre du menton.

– Je suis là. Laisse-la partir.

– D'accord, mais il y a un truc que je veux faire d'abord.

– Bartholomé ! cria la voix paniquée de Laura depuis la chambre.

Je courus vers le couloir, et quand l'un des gars m'attrapa au vol, je le projetai si fort contre le mur qu'il tomba immédiatement K.O. La scène dans la chambre me glaça le sang. Laura était attachée sur le lit — complètement nue.

Non.

Elle se débattait pour se libérer, les larmes séchées sur ses joues blêmes.

– Ligotez-le.

Les hommes sautèrent sur moi, et je réagis au quart de tour, lançant l'un d'eux par terre et donnant un coup de poing dans l'œil d'un autre. Je ne faisais pas ce genre de coup bas en temps normal, mais ils l'avaient joué à la déloyale les premiers.

Un flingue s'arma.

Silas pressa le canon contre la tempe de Laura.

– Assieds-toi.

Non.

Laura haletait, de nouvelles larmes lui montant aux yeux.

– Plutôt mourir...

Silas indiqua la chaise.

– Assieds-toi.

J'avais un choix — un choix impossible.

Je m'assis sur la chaise.

Laura hurla.

– Non ! Laisse-le me tuer !

La douleur me déchira de l'intérieur, mais je devais rester impassible et garder mon sang-froid. Si je le perdais, je n'aurais aucun moyen de m'en sortir. Mes poignets furent ligotés derrière la chaise de bois qu'ils avaient prise à la table à manger.

– Silas, elle n'a rien à voir là-dedans.

– Ah non ? C'est pas à cause d'elle que mon frère est mort ?

Ma respiration s'accéléra, mais je m'efforçai de le cacher.

– Ton frère est mort par ma faute. C'est moi qui ai pris la décision. Punis-moi.

– Je vais le faire, Bartholomé. Je vais te punir là où ça fait mal.

Il posa le fusil sur la table de chevet, puis il ôta son t-shirt.

Laura se débattit de toutes ses forces. Son corps nu faisait trembler la tête de lit et elle hurlait entre les sanglots.

– Ne me touche pas, salopard !

J'avais vu des trucs glauques dans ma vie, mais ça, c'était traumatisant.

Je tirai subtilement sur les cordes qui me retenaient les mains, remarquant que les gars avaient fait des nœuds doubles que je ne pourrais pas délier rapidement. Mes chevilles étaient attachées aussi. Sinon, je pourrais me jeter sur eux.

Silas ôta ses chaussures et son froc, se retrouvant nu.

Il bandait.

Laura se débattit de plus belle, s'éloignant de lui le plus possible lorsqu'il posa les genoux sur le matelas.

Je tirai sur la corde autour de mes poignets, en vain.

– Bartholomé ! cria-t-elle à l'aide — mais je ne pouvais pas l'aider.

Laura avait les chevilles liées et les mains ligotées au-dessus de sa tête. Silas la fit rouler de force sur le ventre pour la prendre par-derrière. Ses cris furent étouffés lorsqu'il lui écrasa le visage dans la couette. Puis il leva la main et lui claqua le cul — fort.

– C'est un joli petit...

Je beuglai en contractant tous les muscles de mon corps. Comme une mère qui soulève une voiture piégeant son enfant, l'adrénaline décupla ma force et je brisai la chaise en deux.

– Silas !

Je me projetai à reculons contre l'homme derrière moi et je l'écrasai dans le mur. Quand le suivant se rua sur moi, je pivotai et je le frappai avec la chaise. Puis je brandis les bras au-dessus de ma tête, me déboîtant pratiquement les épaules, et j'achevai les deux autres qui s'en prirent à moi — tout ça avec les chevilles encore ligotées.

Silas se lança vers le pistolet sur la table de chevet.

Je sautillai à toute vitesse vers la table et je poussai l'arme avant qu'il puisse l'atteindre. Elle atterrit par terre près de moi, et je la ramassai le premier. Puis je visai son visage terrifié — et je tirai.

Encore.

Et encore.

Quand les coups de feu cessèrent, ce fut silencieux.

À l'exception des sanglots de Laura.

Je me déliai les chevilles le plus vite possible avant de me précipiter vers elle. Je la libérai des cordes avant d'enlever mon t-shirt et de le déposer sur son corps exposé, même si tout le monde sauf nous était mort.

Elle se blottit contre moi en pleurant à chaudes larmes.

– C'est fini, ma chérie.

J'enroulai les bras autour d'elle comme une cage de fer et je la serrai. Je posai le menton sur sa tête, sentant les larmes se former dans mes yeux. Une sensation chaude que je n'avais pas ressentie depuis plus de dix ans. Je ne les laissai pas tomber. Je cillai quelques fois, les séchant de force, et je prétendis que ça n'était jamais arrivé.

– Je suis là... je suis là.

22

LAURA

Je ne parlai pas pendant des jours.

Bartholomé m'avait emmenée chez lui, et je passais mon temps cloîtrée dans sa chambre, qui était plus grande que tout mon appartement. Elle disposait d'un salon avec une télévision, une salle de bain avec une baignoire de la taille d'un jacuzzi, et un balcon qui offrait une vue époustouflante sur la ville.

Son majordome m'apportait tous mes repas, que je prenais à la table à manger. Parfois j'étais seule, parfois Bartholomé m'observait. Je croisais à peine son regard, et je portais ses vêtements amples en permanence.

Il ne me quittait pas.

Il lui arrivait de travailler sur le canapé, son laptop sur les genoux, à prendre des appels le jour comme la nuit. Mais il ne quittait jamais la pièce. Quand je me douchais, il n'entrait pas dans la salle de bain, respectant mon intimité.

Il ne me parlait pas. Il ne posait pas de questions. C'était l'homme le plus intuitif que je connaissais ; il comprenait que je n'étais pas prête à parler sans que j'aie besoin de lui dire. Il était patient, et me donnait tout ce dont j'avais besoin sans que j'aie à lui demander.

Enfin, je trouvai les mots.

– Qu'est-ce qui s'est passé...?

J'étais assise en face de lui à la table à manger, ma cuillère dans le bol de soupe que j'avais à peine touché.

Les coudes sur la table, il s'apprêtait à prendre une bouchée, mais il délaissa ses ustensiles et son appétit pour me regarder dans les yeux.

– C'est lui qui m'a coupé, dit-il en levant le bras gauche, qui arborait maintenant une longue cicatrice descendant jusqu'au coude. J'aurais dû le tuer. Je ne referai plus jamais l'erreur.

– Pourquoi moi...?

Il baissa les yeux.

– Il sait que je n'ai pas peur de la mort ou de la douleur. Faire du mal à quelqu'un qui m'est cher est la seule façon de m'en faire à moi aussi. Sinon... je ne sens rien.

Après un instant, il me regarda de nouveau.

– Je suis désolé.

Il n'avait sans doute jamais présenté d'excuses de sa vie, mais il avait prononcé les mots avec une sincérité pure.

– Ça n'arrivera plus jamais.

– Tu ne peux pas le garantir.

Son regard se durcit.

– Si, je peux.

– Alors pourquoi c'est arrivé ?

– Parce que tu vivais ailleurs. Sous mon toit, tu aurais été intouchable.

– Sauf quand je serais allée bosser, ou à la salle de sport...

Il inspira, contenant subtilement sa frustration.

– Des hommes me protègent dans un rayon d'un kilomètre partout où je vais. Ma femme bénéficie de la même protection que moi. Des tireurs d'élite sur les toits. Des vendeurs de rue avec un fusil de chasse sous leur présentoir. Des yeux sur toi en permanence.

– Mais c'était un de tes hommes. Pas un étranger. Si ça arrive encore, personne ne saura que je suis en danger.

Il soupira.

– Ma chérie, je m'occuperai de la logistique plus tard. Mais ta sécurité est ma priorité. Ma priorité numéro un — toujours.

Je reconnaissais le sentiment d'engourdissement que j'éprouvais en ce moment, l'ayant déjà ressenti — quand j'avais été violée. J'avais eu besoin de plusieurs années de thérapie pour m'en remettre et j'étais maintenant de retour à la case départ. C'était encore plus traumatisant cette fois, mais l'expérience était familière. J'avais su ce qui allait arriver avant que ça arrive, comme si la scène se déroulait au ralenti.

– Bartholomé, je ne peux pas continuer. Je t'aime de tout mon cœur... mais je ne peux pas.

Je n'avais pas de larmes, car j'étais incapable de ressentir quoi que ce soit.

– Laura, dit-il d'une voix aussi dure que son regard. Je vais toujours te protéger.

– Tu ne m'as pas protégée à ce moment-là.

– Il ne s'est rien passé. Je l'ai empêché, et je les ai tous tués...

– À peine. Tu n'avais pas de plan. Si la chaise avait été en métal, le résultat aurait été très différent...

– J'aurais trouvé une façon, Laura.

Il essayait de me faire taire avec ses yeux sévères, mais ça ne marchait pas.

– Il ne s'est rien passé...? dis-je d'une voix fluette. Ils m'ont plaquée contre le lit et déshabillée.

Je restais calme, mais j'avais envie de hurler. Je le brûlais du regard, voulant qu'il comprenne l'horreur de la situation.

– Ils m'ont tordu les mamelons jusqu'à ce que je pleure.

Il avait du mal à rester stoïque, mais sa respiration irrégulière trahissait sa rage.

– Ils m'ont pissé dessus...

– *Arrête.*

Il céda, détournant le regard.

– Ne dis pas qu'il ne s'est rien passé.

– Mais *ça* ne s'est pas passé, dit-il en levant la tête et me regardant de nouveau. Je ne dis pas que ce que tu as vécu n'est pas grave... mais j'ai empêché le pire d'arriver. Je t'ai protégée exactement comme promis — et je te protégerai encore mieux quand tu seras sous mon toit.

Être avec l'amour de ma vie ne valait pas ce risque.

– Tu es un homme très puissant, Bartholomé. J'en suis venue à l'admirer en étant avec toi. Mais quand on est au sommet, tout le monde nous regarde. Je suis ta seule et unique faiblesse — et je vais vivre le restant de mes jours avec une cible dans le dos.

Son regard se durcit de nouveau, ses remparts se dressant.

– Je ne peux pas le faire.

Je vivrais dans la peur constante, non pas à me demander *si* ça arriverait, mais bien *quand* ça arriverait.

Un lourd silence s'abattit sur nous. Bartholomé était muet, à court de mots pour résister à la vérité. Il finit par détourner la tête et regarder par la fenêtre. Il resta ainsi un long moment, acceptant avec moi en silence la fin de notre relation.

– À moins...

Après un battement, il se tourna vers moi.

– À moins... que tu renonces à tout, dis-je.

Sa respiration était lente et régulière, son visage était de marbre.

S'il avait été prêt à le faire, il l'aurait suggéré lui-même. Je connaissais la réponse avant qu'il me la donne, mais une partie de moi espérait irrationnellement qu'il ferait un choix différent si je lui demandais.

Puis il baissa les yeux — et je sus que c'était la fin.

Comment un dénouement pouvait-il faire aussi mal alors que je m'y attendais ? Comment l'inévitable pouvait-il me prendre par surprise ? Comment pouvais-je... me sentir aussi dévastée ?

– Ça a toujours été mon rêve de fonder une famille... de remplacer celle que j'ai perdue, et j'étais prête à y renoncer pour toi. Mais tu n'es pas prêt à faire le même sacrifice pour moi.

Je dis les mots lentement, pour me convaincre moi-même.

Il garda les yeux baissés — comme un lâche.

– Au revoir, Bartholomé.

———

Lorsque j'entrai dans mon appartement, je me sentis malade, et pas seulement parce que j'avais perdu l'amour de ma vie. Des souvenirs douloureux me balayèrent, l'écho des cris, les flashbacks d'un cauchemar.

Je regardai les piles de cartons que j'allais devoir défaire.

Mais je n'avais pas l'énergie.

J'entrai dans la chambre et j'y trouvai les restes de mon traumatisme, des taches de pisse sur le couvre-lit.

Je fermai la porte et je m'allongeai sur le canapé — où je m'endormis aussitôt.

Je vécus ainsi pendant des jours, sans défaire mes cartons, sans entrer dans ma chambre. Je raclais les fonds de placard les rares fois où j'avais un appétit. Les jours passaient avec une lenteur insupportable. Je n'avais rien à foutre de ma peau — sauf espérer aller mieux.

On frappa à la porte.

Je ne m'attendais pas à voir Bartholomé. Il ne changerait pas d'avis, ni maintenant ni jamais, car rien n'était plus important que l'argent et le pouvoir.

Pas même moi.

Je regardai dans le judas et je vis un homme que je ne connaissais pas. Je décidai de ne pas ouvrir.

– Bartholomé m'envoie, dit-il à travers le bois ; sans doute avait-il vu mon ombre sous la porte ou entendu mes pas. Il veut que je te donne quelque chose.

J'ouvris la porte et je me retrouvai face au messager, me foutant d'avoir une sale gueule, des cheveux gras et des fringues sales.

Il me donna une grande enveloppe de papier. Je la pris et je l'ouvris au comptoir de la cuisine.

Des clés en tombèrent

L'enveloppe contenait des documents — et je réalisai vite que c'était un titre de propriété à mon nom.

Je lus le mot qu'il avait inclus.

. . .

Laura,

Tu mérites un meilleur appartement. Tu mérites une meilleure famille. Tu mérites un meilleur homme que moi. Refais ta vie. Tombe amoureuse d'un type bien. Fonde une famille. Va chercher tout ce que je suis incapable de te donner — et oublie-moi.

L'adresse était écrite sous sa signature.

Je relus le mot, et il me fit tout aussi mal. La première fois où nous avions rompu, j'avais caressé l'espoir que ça ne durerait pas, que nous nous retrouverions. Mon cœur battait encore pour lui, rêvait de lui…

Mais pas cette fois.

Cette fois… c'était bel et bien fini.

———

Je n'aurais jamais pu me payer cet appartement, même pas en travaillant trente ans et économisant chaque centime. Il était situé dans un quartier chic de Paris, avec un portier et un parking privé, et il devait faire trois cents mètres carrés sur deux étages. En plus, il était entièrement meublé, avec du mobilier haut de gamme et une décoration élégante.

L'endroit valait au moins... cinq millions d'euros.

Dans le mot, Bartholomé avait expliqué que les taxes foncières seraient payées indéfiniment, et que je n'aurais jamais à me soucier d'une facture que j'étais incapable de payer.

Je ne devrais pas accepter un cadeau aussi ridicule, mais je ne pouvais plus vivre dans mon appartement. Je ne pouvais pas continuer de dormir sur le canapé et laisser la porte de la chambre fermée. Je ne pouvais pas être à jamais hantée par les mauvais souvenirs de l'endroit... ni par les bons. J'avais besoin de recommencer ma vie à zéro, dans un endroit qui n'avait pas été pollué par la présence de Bartholomé, un endroit où ne flottait pas son fantôme.

23

BARTHOLOMÉ

Quelqu'un me secouait.

– Bartholomé ?

J'étais allongé, incapable d'ouvrir les yeux.

– Il a été comme ça toute la journée, soupira Blue. Tu penses que je devrais appeler une ambulance ?

On me secoua encore, plus fort cette fois. Puis on me gifla le visage.

– Lève-toi, enfoiré.

Je reconnus la voix. Benton.

– Je ne l'ai jamais vu dans cet état, confia Blue.

– Moi si.

Benton me gifla à nouveau, plus violemment.

Je finis par ouvrir les yeux et je faillis basculer du canapé.

– Frappe-moi encore et je...

La pièce se mit à tourner, au point que je crus que j'allais tomber.

Benton me rattrapa d'une main ferme.

– Tu feras quoi ? Tu m'insulteras comme du poisson pourri ? lança-t-il en me rasseyant de force sur le canapé. Coma éthylique. Appelle Maurice.

Blue déguerpit.

– Qu'est-ce que tu fous, bordel ? demanda Benton.

La migraine monta alors que je reprenais connaissance.

– Seigneur...

– T'essaies de te suicider ? Colle le canon dans ta bouche et appuie sur la gâchette la prochaine fois.

Il me gifla encore.

– Putain, je suis réveillé !

– Celle-là, c'était juste pour le plaisir.

Il me souleva et me força à m'asseoir.

– T'auras moins mal à la tête dans cette position.

Je m'affalai contre le dossier, une tempête sous mon crâne. Les bouteilles et les verres trônaient sur la table basse, où je les avais laissés.

Quelques minutes plus tard, mon médecin arriva et me posa une intraveineuse dans le bras. Il me réhydrata et m'administra des médicaments. Au bout de quelques minutes, je commençai à me sentir mieux, même si je ne m'étais jamais senti aussi faible.

Benton s'assit sur l'autre canapé et me lança un regard haineux.

– T'étais pas obligé de venir.

– Apparemment, je suis le seul homme en qui tu as confiance, et je ne travaille même plus avec toi. C'est plutôt triste, putain.

– Tu peux le prendre comme un compliment...

– Non. C'est juste une plaie.

La tête appuyée sur le coussin du dossier, je contemplai le plafond. J'étais encore ivre, et au bout de quelques minutes, j'oubliai la présence de Benton.

– Tu vas me dire ce qui s'est passé ?

Je rouvris les yeux, reprenant connaissance.

– Une sale journée.

– La dernière fois que tu as eu une *sale journée*, c'est quand tu as voulu tuer tes parents, mais que tu as changé d'avis en apprenant qu'ils avaient d'autres enfants et qu'ils n'avaient jamais pris la peine de te chercher.

– Le bon temps...

– Qu'est-ce qui s'est passé avec Laura ?

– Pourquoi tu penses que c'est à cause d'elle ?

– Parce qu'elle est la seule à pouvoir te faire souffrir autant.

Je fermai les yeux, mes paupières soudain très lourdes.

– C'est pas elle.

– Alors qui ?

– Moi.

Je rouvris les yeux et je me redressai vers le haut du canapé.

– C'est moi...

Je m'étais souvent détesté au fil des ans, mais jamais avec une telle intensité.

– Qu'est-ce que t'as fait ?

– Je lui ai demandé de renoncer à son rêve pour être avec moi, mais j'ai refusé de faire la même chose pour elle.

J'étais vraiment un sale con. Toutes mes forces m'avaient quitté lorsqu'elle avait prononcé ces mots... parce que c'était vrai. Je ne la méritais pas. Je ne l'avais jamais méritée. J'étais entré dans sa boutique et j'avais gâché sa vie. Et si j'avais passé mon chemin ? Et si je n'avais pas empoisonné sa vie avec mes conneries ?

Benton ne dit rien pendant un long moment.

Les mots s'imprimèrent sur ma peau, me faisant encore plus mal.

– T'as rompu avec elle ?

– Elle m'a quitté.

Je lui racontai l'épisode traumatisant avec Silas.

– Je ne l'ai pas protégée, Benton. Et elle a raison... Rien ne garantit que je pourrai la protéger à l'avenir. Elle a fait le bon choix. J'aurais dû le faire pour elle.

Il réfléchit en silence à ces informations.

– Tu aimes cette femme, Bartholomé.

Je levai mon bras avec l'intraveineuse plantée dans ma veine.

– C'est clair.

– Mais tu vas choisir cette vie plutôt qu'elle ?

– C'est ma vie, Benton. Je ne peux pas tout planter...

– C'est une excuse à la con et tu le sais.

Je regardai ailleurs, reléguant Benton en vision périphérique pour ne pas voir la déception sur son visage.

– Tu fais une connerie.

– C'est possible.

– Alors, arrange les choses avant qu'il ne soit trop tard.

– Je ne peux pas.

– Pourquoi ?

Je ne répondis pas.

– *Pourquoi* ? répéta-t-il. T'as tellement d'argent que tu ne sais pas comment le dépenser. Arrête ton activité et vis avec la femme que tu aimes. Profite de la vie.

Je l'ignorai.

– Bartholomé, explique-moi…

Je le regardai dans les yeux.

– Parce que je ne suis rien sans mon boulot. Je ne suis qu'un homme. C'est tout.

Sa voix se fit douce et compréhensive.

– C'est exactement ce qu'elle veut, Bartholomé…

– Elle veut l'homme qu'elle a rencontré. L'homme qui terrifie les gens. L'homme qui possède des rues entières. Je ne serais qu'un putain de quidam plein aux as. Faible. Banal. Sans intérêt. Et alors, il se passera quoi ? Elle me quittera. Elle me quittera et il ne me restera rien.

Je n'aurais probablement pas proféré de telles paroles si je n'étais pas encore sous l'emprise de l'alcool et des analgésiques qui coulaient dans mes veines.

– Elle partira, comme tout le monde, murmurai-je. J'ai créé les Chasseurs à partir de rien. Mon travail est tout pour moi. C'est mon foyer, ma raison d'être. Je bosse non-stop parce que j'aime ça...

– Parce que tu n'as jamais rien eu d'autre ni personne avec qui passer du temps. Ton travail est tout pour toi parce que tu n'as jamais levé le pied pour profiter de la vie. Tout simplement parce que tu ne sais pas comment faire. Tu ne fêtes pas Noël. Personne ne connaît la date de ton anniversaire. Pas même moi, ton ami le plus proche...

– Tu veux me chanter *Happy Birthday* et me regarder souffler des putains de bougies ? Je m'en fous.

Benton hésita.

– C'est ce qui enrichit la vie, remplit le vide, cache la solitude.

– T'es psy maintenant, ricanai-je.

– Non, mais je sais exactement ce que tu ressens. Je suis passé par là. Tu te souviens ?

Je détournai le regard.

– Toutes les bonnes choses ont une fin, Bartholomé. Le moment est venu de quitter la scène. Pas dans la queue entre les jambes, mais la tête haute.

Je ne le regardai toujours pas.

– Ne la perds pas pour ça.

– Même si je le faisais... je ne peux pas lui donner ce qu'elle veut.

– C'est-à-dire ?

– Des gosses. Je *déteste* les gosses, putain.

Benton ne dit rien.

– Je ne vais sûrement pas faire un enfant pour le négliger. Pour le détester. Pour regretter son existence.

– Ça ne se passerait pas comme ça.

– Si.

– Ce n'est pas parce que tes parents...

– Ta gueule. J'en ai marre de ces conneries.

L'effet de l'alcool commençait à s'estomper, car je n'étais plus désinhibé. Je me sentais rigide, dur, impénétrable.

– Je serais débile de tout abandonner pour une seule personne. Si elle veut être avec moi, ce sera à mes conditions, c'est tout. Elle a fait son choix, et elle a fait le bon.

– Tu dis en gros que tu veux bien être en couple seulement si elle risque tout et que tu ne risques rien ?

– Oui.

Benton plissa les yeux.

– Donc tu ne lui fais pas confiance.

– Je ne fais confiance à personne, Benton.

24

LAURA

Un mois s'était écoulé.

J'allais à la boutique et je rentrais à l'appartement à heures fixes, réglée comme une horloge. Quand j'étais chez moi, je continuais de bosser sur mon laptop, car je n'avais rien d'autre pour m'occuper l'esprit. Bartholomé ne s'était pas manifesté.

Je ne l'avais pas contacté non plus.

C'était une rupture nette. Une rupture que nous voulions tous les deux.

Parfois, je me demandais s'il avait déjà couché avec une autre femme, puis je m'efforçais de ne plus y penser. Peu importe qu'il baise ou non. Peu importe que je baise ou non.

C'était fini.

Je savais que je devrais recommencer à sortir, à séduire un homme et à reprendre une vie normale. Plus vite je reprenais une vie normale, plus vite je me sentirais normale. Peut-être que je rencontrerais un mec sympa qui me ferait retrouver ma joie de vivre.

Mais je n'y arrivais pas. Je ne m'inscrivis sur aucun site de rencontres. Je ne sortais pas dans l'espoir de rencontrer quelqu'un. Je restais à la maison — seule.

Je venais de finir de dîner quand on frappa à la porte.

Il fallait s'enregistrer auprès du portier, donc la personne avait dû dire ce qu'il faut pour monter à mon étage. Je regardai dans le judas et je vis un bel homme que je ne connaissais pas. J'étais devenue parano, je portais un taser dans mon sac à main, je surveillais mes alentours en permanence et je ne quittais jamais le bureau après la tombée de la nuit. Je n'ouvris donc pas à l'inconnu.

– Benton, dit-il dans le judas. Je suis un ami de Bartholomé.

Je connaissais ce nom, et c'est ce qui me poussa à ouvrir. Il y avait un mois que je ne l'avais pas entendu, et je ne l'entendrais sans doute plus jamais.

– Il va bien ?

Le Benton en question portait un t-shirt gris et un jean foncé. Il avait des yeux d'un bleu incroyable. Un visage dur. Une alliance au doigt.

– Je peux entrer ?

J'ouvris la porte en grand et je le regardai entrer dans mon appartement.

– Il va bien ? répétai-je.

Il se tourna vers moi, entamant la conversation dans mon entrée.

– Oui, il va bien. Je serai bref. Je ne veux pas perturber ta vie.

Ma vie de solitude.

– Entendu.

– Je voulais juste que tu saches que j'ai fait tout mon possible pour le sauver de ses propres démons. Mais peu importe ce que je dis ou fais, il ne bouge pas.

– Je ne comprends pas ce que tu veux me dire.

– J'ai tenté de lui expliquer qu'il avait fait le mauvais choix. Qu'il devrait arrêter son activité et mener une vie tranquille avec toi.

– Oh...

– Et si ça peut te consoler, il est très malheureux. Même plus que malheureux.

– Non, ça ne me console pas du tout, dis-je froidement. Je ne voudrais pas de lui s'il revenait parce que son pote l'a convaincu de le faire.

Il glissa les mains dans ses poches.

– Merci d'avoir essayé... je suppose.

– Il a des démons. Il a des problèmes. J'aimerais juste qu'il soit assez fort pour les laisser dans le passé et tenter sa chance.

Je ne comprenais pas bien où il voulait en venir, mais j'en avais une vague idée.

– Bartholomé n'est pas le genre d'homme qu'on peut changer. Il ne changera pas pour moi. Il ne changera pour personne. Et c'est très bien, parce que ça fait partie de sa personnalité.

Il m'observa pendant un moment.

– Tu supportes votre rupture beaucoup mieux que lui.

– Pas vraiment. J'ai juste accepté que ce soit fini. C'est mieux comme ça. Il aurait dû faire des sacrifices pour être avec moi, ou j'aurais dû en faire pour être avec lui, et ce n'est pas ainsi qu'une relation saine fonctionne.

Le fait que nous n'ayons aucun contact facilitait également les choses. Si je voyais sa belle gueule, ça réveillerait probablement les sentiments enfouis en moi.

– C'est fini. Et c'est pas plus mal.

―――――

J'étais à la boutique en train de retoucher une robe aux mensurations exactes de ma cliente. C'était la fin de l'été et les touristes commençaient à se dissiper, mais la chaleur persistait. La visite de Benton remontait à quelques semaines.

J'aurais préféré qu'il ne passe pas, car notre conversation avait aggravé mon état.

Je ne voulais rien avoir à faire avec son monde.

Je ne voulais pas qu'on me rappelle que notre amour avait existé.

Mon téléphone vibra. Je faillis ne pas l'entendre tellement j'étais perdue dans mes pensées. Je revoyais notre premier baiser. Je me souvenais de la façon dont il m'observait de l'autre côté de la salle. La façon dont je me sentais aimée sans qu'il ne prononce jamais les mots. Une série d'images et d'émotions défilaient sur l'écran de mon cerveau.

Puis la vibration du téléphone attira mon attention.

C'était Victor.

Bartholomé disparut de mon esprit et je me demandai si mon père avait fait une crise cardiaque ou un AVC. Il n'y avait pas d'autre raison pour que Victor m'appelle. Mon père était soit mort, soit à l'hôpital.

Je décrochai.

– Victor, qu'est-ce qu'il y a ?

Il chuchota comme s'il était dans une situation délicate.

– J'ai moins de trente secondes, alors écoute-moi.

Oh merde.

– Leonardo vient d'ordonner l'assassinat de Bartholomé. On est sur le point d'attaquer son hôtel particulier. Je sais pas pourquoi je te le dis, mais j'ai pensé que tu devrais le savoir.

25

BARTHOLOMÉ

Je sortais de ma salle de sport quand je l'entendis.

Boum.

Je levai les yeux vers le plafond.

On aurait dit la chute d'un corps à l'étage du dessus.

Je sortis mon téléphone et vérifiai le système d'alarme. Il était désactivé. Personne n'avait actionné le bouton de panique. Mais le système indiquait que la porte d'entrée avait été ouverte — et qu'elle l'était toujours. J'envoyai un texto à Blue. *Effraction chez moi. Envoie des renforts.* Je rangeai le téléphone dans ma poche et je retournai dans la salle de sport. Un fusil et des cartouches étaient planqués sous l'une des machines. Un gilet pare-balles était fixé sous une autre. Je l'enfilai sur mon torse nu, puis je jetai un coup d'œil dans le couloir, le fusil dans les mains.

Boum.

Ils avaient réussi à franchir ma sécurité. À empêcher mon personnel d'appuyer sur le bouton de panique. Et maintenant, ils passaient mon appartement au crible, éliminant en silence mes hommes un par un dans l'espoir de me surprendre dans ma chambre.

Normalement, je devrais dormir à cette heure de la journée, mais le sommeil venait difficilement ces temps-ci. J'avançai dans le couloir en balayant les pièces du regard à la recherche de ma première victime. Je repérai un homme et m'approchai de lui par-derrière. Vêtu de noir et d'un gilet pare-balles, il ne portait rien qui permette d'identifier son patron. Je lui assénai un coup de crosse à l'arrière du crâne et le rattrapai avant qu'il ne s'effondre. Je le tirai dans une chambre vide et l'abandonnai sur le tapis.

Boum.

Douze hommes en tout gardaient mon domicile et j'ignorais combien ils en avaient éliminé. Le fait qu'aucun coup de feu ne soit tiré indiquait que mes hommes n'avaient pas la moindre idée de ce qui se passait.

J'étais livré à moi-même — jusqu'à ce que Blue débarque avec des renforts.

Le mieux était de rester caché jusqu'à son arrivée.

Vingt minutes plus tard, toujours rien.

Blue devait être mort. J'envoyai des textos à d'autres gars. Les renforts allaient arriver, mais j'avais perdu trop de temps.

Puis Laura m'appela.

Un appel inespéré.

Ne pouvant pas répondre, je passai le téléphone en mode silencieux.

Les bruits de pas s'approchèrent.

– Il est par là.

Je me réfugiai dans une chambre et je me collai au mur.

– Blue dit qu'il n'est pas parti.

Le choc fut si violent que j'en oubliai de respirer.

Blue ?

Il m'a trahi.

J'étais piégé avec je ne sais combien d'hommes, et je n'avais que quelques minutes, peut-être quelques secondes, avant qu'ils me trouvent. J'aurais pu en profiter pour parler à la seule personne qui comptait avant d'être abattue, mais j'avais ignoré son appel.

Les pas se rapprochèrent encore.

– Fouillez toutes les pièces. Il se cache quelque part — comme un trouillard.

Je reconnus tout de suite cette voix.

Leonardo.

Ce putain de Leonardo.

Je sortis dans le couloir et je fis feu, résolu à le tuer en premier pour qu'il n'ait pas le plaisir de me voir mourir. Je canardai dans tous les sens, descendant les hommes devant moi. Je pivotai et tirai dans la direction opposée, mais je n'étais pas assez rapide. Un couteau s'enfonça dans mon flanc, bien plus douloureux qu'une blessure superficielle par balle. Déséquilibré, je tombai au sol.

– Il est touché, dit un homme.

Je cherchai mon arme pour pulvériser sa gueule, mais je ne la trouvai pas.

C'était Lucas.

Le type que je détestais le plus après Leonardo.

Il ricana en tournant le couteau dans la plaie, au sens propre.

– C'est désagréable, hein ?

La crosse d'un pistolet me frappa à l'arrière de la tête. Je perdis connaissance.

―――――

J'ignorais combien de temps j'étais resté inconscient, mais sans doute quelques minutes à peine, car je me trouvais au rez-de-chaussée de mon hôtel particulier, au milieu de l'immense entrée, à l'endroit où se trouvait une table avant.

Je n'avais plus de gilet pare-balles et je pissais le sang.

Je me redressai sur les coudes, étouffant les cris de douleur qui voulaient sortir.

Leonardo apparut, tout de noir vêtu, un sourire trompeur sur les lèvres.

– Bonjour, mon grand. Content que tu aies pu te joindre à nous.

Il allait faire durer le supplice jusqu'à mon dernier souffle. J'aurais fait pareil.

La pièce était remplie d'une douzaine d'hommes à lui, armés jusqu'aux dents. J'étais seul, désarmé, en train de me vider de mon sang. Je tournai les yeux vers l'homme qui n'avait rien à faire là.

Blue.

Si j'avais eu un flingue, il aurait été le premier à mourir.

Il évitait le contact visuel.

Lâche.

Victor était là également, debout derrière Leonardo. Sa voix était dépourvue d'émotions, contrairement aux autres hommes.

– Magne-toi d'en finir.

Il n'y avait pas d'autre issue que la mort, alors le plus vite ils me mettraient une balle dans la tête, le plus vite ce serait terminé.

– Me magner ?

Leonardo s'avança, sortant du rang de ses hommes.

– Tu m'as ostracisé auprès de mes revendeurs et tu m'as évincé sur mon propre marché. Alors non, je ne suis absolument pas pressé, Bartholomé.

– Je suis désolé de gâcher la fête, mais je vais me vider de mon sang avant que tu puisses vraiment t'amuser. Lucas a déchargé trop rapidement. Je parie qu'il fait ça avec Catherine aussi.

Lucas s'élança vers moi en dégainant son poignard.

Victor l'attrapa et le tira en arrière.

– Tu m'as niqué, Bartholomé, dit Leonardo. À moi de te niquer. Tes hommes ne viendront pas à ton secours. Ils ne te sont plus fidèles.

– Parce que j'ai sauvé *ta* fille.

– Tu n'aurais pas dû l'impliquer. C'était bas.

– Elle était impliquée parque je l'aimais. Et je l'aime toujours.

Leonardo cilla, hésitant l'espace d'un instant avant de poursuivre.

– J'espère que tu ne penses pas que je vais t'épargner à cause d'elle. Ma femme a été violée, mais j'ai toujours fait passer le business en premier.

– Et on dit que la galanterie a disparu...

Leonardo s'avança à nouveau.

– Tu ne riras pas quand je t'exploserai les rotules.

– Eh bien, tu ferais mieux de le faire maintenant parce que j'en ai plus pour longtemps.

Je sentais mon corps se dérober. C'était une mort lente, mais elle venait de plus en plus vite.

Un cri retentit dehors, assez fort pour nous faire tous tourner la tête.

La porte s'ouvrit et Laura se précipita à l'intérieur.

Non.

Elle croisa mon regard et éclata immédiatement en sanglots.

– Non ! Arrêtez ça !

Je perdis mon sang-froid, incapable de rester calme avec elle dans la pièce.

– Victor, emmène-la loin d'ici.

Elle bouscula un homme et tenta de courir vers moi.

Victor la saisit par le bras et la tira en arrière.

– Elle peut regarder si elle veut, déclara Leonardo d'un ton glacial.

– S'il te plaît, l'implora-t-elle en se débattant. Papa… s'il te plaît.

Le terme affectueux ne toucha pas sa corde sensible. Il se tourna face à moi et dégaina son arme.

– Arrête !

Je ne devais plus penser à elle. Je ne pouvais rien faire d'autre que de mourir avec dignité. Je ne la regardai pas. Ce serait trop dur pour moi — et trop dur pour elle.

Leonardo leva son arme et la pointa sur moi — puis du sang jaillit de son crâne. Le coup de feu résonna sur les murs de la grande entrée. À la deuxième balle tirée, il s'écroula au sol.

Laura pointa ensuite son arme sur la tête de Victor.

– Partez ou je le tue aussi.

Les hommes restèrent immobiles, contemplant le cadavre de leur patron.

– Partez !

Elle appuya le canon sur le crâne de Victor.

Ils finirent par bouger et sortir de la maison.

Quand le dernier eut franchi la porte, Laura lâcha Victor.

– Aide-moi !

Elle courut vers mon corps, allongé au sol.

– Lève-toi !

Il me fallut un moment pour détourner mon regard de Leonardo et comprendre qu'il était mort.

– Lève-toi, Bartholomé !

J'essayai, mais je glissai dans mon sang.

– Victor !

Il rangea son arme à l'arrière de son jean et se dirigea vers nous.

Elle avait enroulé un de mes bras autour de son cou.

À ma grande surprise, il m'attrapa l'autre bras et m'aida à me relever.

Blue s'avança.

– Bartholomé...

– Tuez cette ordure.

Je pris l'arme de Victor.

Blue leva les mains.

– Il a menacé de tuer Benton et sa famille si je ne coopérais pas.

Je me figeai.

– J'ai fait ce que tu aurais voulu que je fasse.

– Viens, aide-nous, dit Laura.

Blue prit sa place et les deux hommes me portèrent à l'extérieur.

Les hommes de Leonardo étaient dehors, mais aucun ne tira, sans doute parce qu'ils étaient perdus sans leur boss. C'était son combat, pas le leur. Quelqu'un pouvait prendre sa place maintenant, et c'était probablement leur principale préoccupation.

Ils me mirent sur la banquette arrière avec Laura, et Blue nous conduisit à l'hôpital.

– Reste avec moi, d'accord ? martelait Laura en me tapotant la joue pour que je reste éveillé.

– Ma chérie... je ne vais pas m'en sortir.

– Si, tu vas t'en sortir.

Elle déchira des lambeaux de sa chemise et les enroula autour de mon torse, pansant une blessure qui avait déjà trop saigné.

– Reste avec moi.

– Regarde-moi.

Elle plongea les yeux dans les miens, sans cesser de comprimer la blessure.

– Je t'aime, soufflai-je.

Elle se mit à pleurer.

Je voulais en dire plus, mais je sombrai dans les ténèbres.

———

Je remarquai d'abord la chaleur sur mon visage.

La chaleur du soleil.

Je bougeai les doigts et je sentis la douceur des draps, puis des doigts qui n'étaient pas les miens.

– Bartholomé ?

Calme. Désespérée. Douce.

Mes paupières étaient lourdes. Je m'y repris à deux fois pour les ouvrir. Ma vision était floue. Je clignai plusieurs fois des yeux pour faire le point sur la silhouette assise à mon chevet. Quand nos regards se croisèrent, elle me serra les doigts.

– Ma chérie ?

J'avais une voix rauque, comme si mes cordes vocales avaient été coupées avant de repousser.

– Oui, je suis là.

Nous restâmes assis en silence. Tous les événements qui avaient conduit à ce moment me revinrent lentement en mémoire.

– J'ai survécu.

– Évidemment. Tu as eu une hémorragie interne et plusieurs organes touchés, mais ils ont réussi à tout réparer et tu as reçu une transfusion sanguine. Tu es resté dans un état critique pendant un moment, puis tu as fini par te stabiliser.

Je revis la scène où Leonardo était tombé. Une balle en pleine tête. Son cerveau éparpillé sur mon parquet.

– Je suis désolé pour ton père.

Elle ne changea pas d'expression, ne dit rien. Puis elle brisa le silence et une palette d'émotions imprima son visage.

– J'ai fait le bon choix, dit-elle.

– C'est un choix que tu n'aurais pas dû faire.

Elle concentra son regard sur nos doigts enlacés.

– Quand est-ce que je peux sortir d'ici ?

– Pas avant quelques jours.

Je poussai un soupir d'agacement alors que je devrais juste me réjouir d'être en vie.

– Il y a quelqu'un qui veut te voir.

Elle me lâcha la main et sortit de la chambre.

Au même moment, Benton entra, ne semblant pas du tout inquiet pour moi, à l'inverse de Laura. Il se planta au bord du lit, les mains dans les poches, m'observant de ses yeux bleus cristallins.

Laura ferma la porte pour préserver notre intimité.

Nous ne parlâmes pas tout de suite, nous contentant de nous fixer.

Benton finit par s'asseoir.

– Blue t'a raconté ?

Il opina.

– Il a pris la bonne décision.

J'aurais préféré mourir que laisser un malheur arriver à Benton, Constance et leurs enfants.

– Comment Leonardo a su pour nous ?

– J'en sais rien. Je suppose que Silas lui a raconté pas mal de trucs avant de mourir.

Benton regarda par la fenêtre.

– Je suis désolé.

Il n'accepta pas mes excuses.

– C'est peut-être le moment de passer à autre chose.

J'observai son visage de profil, pensant à notre puissant duo avant que Claire ne l'éloigne de moi. C'était amusant — si on veut. Les rues nous appartenaient et les hommes nous craignaient dès que nous entrions dans une pièce. C'était le seul homme avec qui j'avais bien voulu partager mon pouvoir.

– Oui... peut-être.

Quelques jours plus tard, je pus sortir de l'hôpital. Blue et Laura voulaient me ramener chez moi en fauteuil roulant. Comme ils n'arrêtaient pas de me faire chier avec ça, je pétai cette merde. Ils n'insistèrent pas.

Mon hôtel particulier avait été nettoyé si soigneusement que je ne remarquai aucune trace de sang. On avait remplacé le tapis de l'entrée par un tout nouveau, identique, et remis la table à sa place. Mon majordome vint m'accueillir, me regardant comme si j'avais pris dix ans dans la gueule.

Je franchis le seuil, le dos droit et la tête haute, mais chaque pas me faisait souffrir le martyre. Mais j'en avais marre de ce putain de lit d'hôpital qui me donnait l'air faible, et je ne voulais plus de ces conneries.

– Tu as une chambre en bas ? s'enquit Laura en me rejoignant.

Je lui lançai un regard noir.

– Tu ne vas pas monter et descendre les marches tous les jours...

– Je ne suis pas malade.

Je me dirigeai vers l'escalier et le montai normalement jusqu'à l'étage.

– Il est un peu têtu, entendis-je Blue dire en bas.

– Un peu ? s'étrangla Laura.

Je réussis à me rendre à ma chambre. Les rideaux étaient fermés, comme si mon majordome avait pensé que j'irais directement au pieu. Le minibar m'appelait, mais avec tous les médocs qu'on me filait, je savais que c'était la recette d'un cocktail suicidaire.

Laura entra dans ma chambre peu après.

Je me dirigeai vers la salle de bain dans l'idée de me doucher. Je n'avais pas eu droit à une douche digne de ce nom depuis des jours. Ma barbe me grattait et j'avais la peau grasse. Dès que je me glissai sous l'eau chaude et sentis toute cette crasse imaginaire s'en aller, je respirai mieux.

Je cherchai Laura à travers la vitre, me demandant si elle allait me rejoindre.

Elle n'était pas dans la salle de bain.

Je me lavai le corps et les cheveux, puis je me rasai. La gaze entourait tout mon torse, comme si un boa constrictor s'était enroulé autour de moi.

Quand je revins dans la chambre, Laura était assise à la table à manger, où se trouvait un plateau-repas. Une cloche en argent recouvrait le plat pour le maintenir au chaud. Elle ne me regarda pas, même si j'étais nu. Elle ne me mata pas enfiler mon caleçon et mon jogging.

– Mets-toi au lit.

– Je viens de passer quatre jours au lit.

– Je vais te servir ton plateau.

Je m'assis à table en face d'elle.

– Je ne mange pas au lit.

– Tu as besoin de te repo...

– Je vais bien.

Je tirai le plateau vers moi et soulevai la cloche. Fini la bouffe d'hôpital, merci putain.

Elle allait devoir me regarder manger, n'ayant pas de plateau pour elle-même.

– Tu n'as pas faim ?

Elle secoua la tête.

Je mangeai en silence. Elle me regardait à peine. Elle était présente physiquement, mais on aurait dit qu'elle ne voulait pas être là.

Après avoir fini de manger, je la fixai.

Elle semblait ailleurs, car elle ne remarqua pas mon regard.

– Je suis désolé pour ton père.

– Tu l'as déjà dit.

Elle me regarda, les yeux vides.

– Parce que je suis vraiment désolé.

J'aurais voulu qu'elle me choisisse plutôt que son père, mais pas dans ce scénario.

– Je ne regrette rien, alors ne sois pas désolé.

J'étudiai son visage, celui d'une jeune femme profondément troublée.

– Si tu ne te reposes pas et n'acceptes pas mon aide... alors je ferais mieux de partir.

Elle prit appui sur les accoudoirs, se préparant à se lever du siège.

– Chérie.

La tendresse de ma voix la coupa dans son élan.

– J'arrête.

Son expression ne changea pas. Soit elle ne comprenait pas, soit elle s'en moquait.

– Je suis prêt à me retirer des affaires.

L'indifférence brillait dans ses yeux.

– Je suis contente que tu sois prêt à changer de vie. Tu mérites de connaître autre chose que le crime et le sang.

Elle se leva de sa chaise et s'approcha de moi comme si elle voulait m'embrasser, mais il n'y avait pas de passion dans ses yeux. Elle se pencha, me fit une bise, puis elle sortit.

———

Les jours passèrent.

En convalescence, je restais à la maison, me sentant mieux chaque jour.

Elle ne m'appelait pas. Elle ne m'envoyait pas de texto.

Après tout ce que nous avions vécu… nous étions revenus à la case départ.

Elle connaissait mes intentions. Donc elle ne voulait tout simplement pas de moi.

Avait-elle quelqu'un d'autre ?

J'avais mal. C'était plus douloureux qu'un coup de poignard.

J'étais un homme fier et j'acceptais d'être rejeté sans protester. Je ne me lamentais pas. Je ne suppliais pas. J'acceptais la défaite la tête haute.

Mais là, je ne pouvais pas l'accepter, pas sans explication.

Je me rendis donc chez elle, au bel appartement que je lui avais acheté, et je frappai à la porte. J'avais arrêté de la surveiller depuis longtemps ; elle avait le droit de vivre sa vie sans mon intrusion. Aussi je ne savais pas si elle était chez elle. Je ne savais pas où elle dormait la nuit. Je ne savais pas si un homme allait ouvrir la porte.

Heureusement, c'était elle.

Elle était pieds nus, en jean et t-shirt. Elle avait le même regard que la dernière fois que je l'avais vue, pas du tout contente de me voir.

Nous nous observâmes longuement, séparés par le seuil.

Je rompis le silence.

– Je peux entrer ?

– Oui... bien sûr.

Elle s'écarta.

J'entrai dans l'appartement, décoré dans des tons de gris, de noir et de blanc. Un endroit classe réservé aux riches. J'avançai jusqu'au salon, aux grandes baies vitrées avec vue sur la ville en contrebas.

Elle me suivit, les bras croisés sur la poitrine.

– Comment tu vas ?

– Bien.

La douleur physique était plus supportable que celle que j'avais ressentie lorsqu'elle était partie.

Froide. Lointaine. Vide. Elle n'était plus qu'une étrangère.

– Tu regrettes ta décision ?

Elle leva les yeux et croisa mon regard, fronçant les sourcils en signe de protestation silencieuse.

– Parce qu'on dirait que tu ne veux plus entendre parler de moi.

Prononcer ces mots à voix haute me fit mal, car j'avais peur qu'elle soit d'accord. Elle aurait dû laisser son père me tuer. Elle ne pouvait pas porter la culpabilité de ses actes. Elle ne pouvait pas me regarder sans se détester.

– Bien sûr que non.

– Alors pourquoi ?

– Pourquoi quoi ?

– Pourquoi tu ne veux plus me voir ?

Elle ne répondit pas.

Je lui donnai plus de temps, mais rien ne vint.

– Tu as quelqu'un d'autre ?

Je ne voulais pas l'imaginer. Un autre homme qui serait avec ma femme parce que j'arrivais trop tard.

– Non.

– Tu mens ? demandai-je d'un ton plus agressif que voulu.

Ses yeux s'arrondirent en réaction à ma férocité.

– Non.

Je ne comprenais pas.

– Je t'ai dit que je cesserai mon activité. C'était ta condition sine qua non.

– C'était avant.

– Avant quoi ?

Elle ne dit rien.

– *Avant quoi ?* répétai-je en haussant le ton.

– Tu vas arrêter uniquement parce que tu as failli mourir. Si ça n'était pas arrivé, on ne se serait jamais revus.

– Tu crois que je n'ai pas été malheureux tous les jours sans toi ? Tu crois que je t'oubliais dans la chatte d'une autre femme ? Certes, j'ai bu, mais aucune quantité de scotch, gin ou vodka ne peut me faire t'oublier. Je suis resté célibataire, car une autre femme m'aurait fait te regretter encore plus. Donc cette conversation aurait eu lieu, indépendamment de ce qui s'est passé.

– Mais elle n'a pas eu lieu après ce qui m'est arrivé…

Je la fixai.

– Ce n'était pas suffisant. Il a fallu que je tue mon père et que je te sauve la vie pour que tu changes d'avis.

– Tu ne m'as pas fait changer d'avis. J'ai simplement réalisé que ma retraite était inéluctable. Mon amour pour toi est inéluctable.

Ses bras restèrent croisés sur sa poitrine.

– Ma chérie, je suis désolé d'avoir mis si longtemps à le comprendre, mais je suis là maintenant.

Elle détourna le regard.

– Laura.

– La réponse est non.

C'était comme un nouveau coup de couteau dans les côtes. Mes beaux discours étaient vains. Sa décision était sans appel.

– Tu as déboulé chez moi, tué ton propre père pour me sauver la vie, collé un flingue sur la tête de ton ex... et tu ne veux pas être avec moi ? Explique-moi, car la logique m'échappe.

Elle n'expliqua rien du tout.

– Je te donne ce que tu veux. Une vie tranquille. Sans danger.

Elle me regarda dans les yeux et secoua la tête.

– Non.

– Non, quoi ?

– J'étais prête à sacrifier mon rêve, mais tu n'étais pas prêt à sacrifier le tien.

– Qu'est-ce que je viens de dire, putain ?

Ma colère pointa le bout de son sale nez. Ces retrouvailles devraient être magiques. Nous devrions être en train de baiser sur le canapé.

– Je sacrifie mon business pour être avec toi.

– Et si je ne veux plus sacrifier mon rêve ?

Toute ma colère s'évanouit.

– Je veux une famille, Bartholomé. Tu n'as rien sacrifié pour moi, alors je ne renoncerai pas à mon désir d'avoir des enfants. C'est à prendre ou à laisser.

Elle me regarda d'un air méfiant, en gardant ses distances.

Je ne savais pas quoi répondre, ce qu'exprima mon interminable silence.

– Qu'est-ce qu'il y a de mal à ce qu'on ne soit que tous les deux ?

– Je veux *plus*. Je veux construire quelque chose avec toi. Je veux retrouver tes traits dans ceux de mon fils. Je veux avoir mes enfants quand tu seras parti.

J'étais si près du but, et voilà que ça m'échappait à nouveau.

– C'est pas ce qu'on avait convenu de...

– On était d'accord pour que tu ne renonces à rien et que je renonce à tout. Voilà de quoi on avait convenu. Juste pour te rafraîchir la mémoire.

– Et maintenant, je sacrifie...

– Je t'aime, mais ça ne suffit pas.

Pourquoi étais-je tombé amoureux d'une femme si incompatible avec moi ? Je pourrais avoir n'importe quelle femme sur cette fichue planète, mais c'était elle que je voulais. Je m'efforçai de contenir ma colère et de parler calmement.

– Laura, mes parents m'ont abandonné dans un orphelinat. Quelques années plus tard, ils ont fondé leur famille. Ils ne sont pas revenus me chercher.

– Je sais, Bartholomé. Et j'en suis vraiment désolée pour toi.

– Je ne sais pas vivre en famille. Je ne sais pas comment être un père. Comment je pourrais le savoir alors que je n'en ai pas eu ? Comment je pourrais le savoir quand je n'ai jamais eu la chance d'être un enfant aimé ? Et toi, tu me vois dans le rôle de père ?

– Je peux t'apprendre à être le père de nos enfants.

– Je n'en voudrai probablement pas, tout comme mon père n'a pas voulu de moi.

– C'est pas vrai...

– Ils ne sont jamais venus me chercher. C'est comme si je n'avais jamais existé. Ils m'ont abandonné dans ce putain d'orphelinat alors qu'ils vivaient à cinq rues de là. Si ce n'est pas de la haine, je ne sais pas ce que c'est. Parfois, j'ai encore envie de les tuer...

Ses yeux s'adoucirent.

– Je suis vraiment désolée.

– Je ne veux pas de ta pitié. Je veux juste que tu comprennes à quel point je déteste les enfants.

– Tu ne les détestes pas.

– Si, je les...

– Tu as la frousse. C'est différent.

– Laura, si avoir des enfants est si important pour toi, plus important que notre amour, alors je suis le pire compagnon pour toi. Tu devrais m'oublier et trouver un homme qui veut la même chose que toi au lieu de me forcer à être ce que je ne suis pas.

– Je sais que tu peux le faire...

– C'est un engagement pour vingt ans. Ce n'est pas comme faire quatre ans d'études et décrocher un boulot. C'est vingt putains d'années. Quand ils quitteront la maison, on sera vieux. Trop vieux pour vivre notre vie.

– Mais on la vivra *avec* eux. Ce sera les meilleures années de notre vie.

– La réponse est non.

– Alors tu vas faire quoi de ton temps libre ? On ne va pas voyager pendant vingt ans. On s'en lasserait. On voudra des choses différentes en vieillissant, et avoir une famille te ferait plai...

– *J'ai dit non.*

Elle resserra les bras autour de sa poitrine et ses yeux s'embuèrent. Elle inspira à fond et cligna les paupières, refoulant les larmes qui affleuraient.

Nous étions parvenus à la même fin. Tous les chemins menaient à cette impasse.

Si je n'avais pas franchi le seuil de cette foutue boutique cet après-midi-là, rien de tout cela ne serait arrivé.

Je n'aurais pas aimé et perdu une autre femme.

– Alors, c'est un adieu...

Encore une fois.

– Oui.

– Prends soin de toi, Bartholomé.

Je voulais lui dire d'autres choses, mais cela n'aurait fait qu'empirer notre peine.

– J'espère que tu trouveras ce que tu cherches...

26

BARTHOLOMÉ

On m'avait enfin enlevé mon bandage — et une vilaine cicatrice me balafrait le torse.

Mon corps était jusqu'ici resté intact, à l'exception de la balle que Benton m'avait tirée. Puis Silas m'avait filé cette entaille sur le bras. Et maintenant ça.

J'allais peut-être devoir commencer à les couvrir avec des tatouages.

Je bus une gorgée, puis reposai mon verre sur le comptoir.

– T'es sûr que tu devrais boire ça ? demanda Benton en s'asseyant à côté de moi au bar.

– Je ne prends plus d'antalgiques.

– Alors tu te sens mieux.

– Non. J'ai juste besoin d'un verre plus que d'une pilule.

– Comment tu trouves la retraite ?

Le dos voûté, je le regardai.

– C'est ta façon d'aborder le sujet difficile ?

Benton ignora la question et se commanda à boire.

– C'est fini entre Laura et moi — pour de bon. Alors je ne voyais pas l'intérêt.

– Qu'est-ce qui s'est passé ? Elle a buté son père pour te sauver.

– Tu sais que ça n'a rien à voir.

Benton mit un moment à tirer la bonne conclusion.

– Les enfants.

– Elle ne va pas changer d'avis.

– Elle l'a déjà fait.

– Plus maintenant.

Je détestais ça, mais je le respectais en même temps. Elle ne devrait pas être avec un homme qui refusait de lui donner ce qu'elle voulait. Je n'en valais pas la peine.

– Alors pourquoi tu ne changes pas d'avis ?

Je levai mon verre et le fis tinter contre le sien.

– Elle est bonne, celle-là.

– Je suis sérieux, Bartholomé.

– Tu vas vraiment me parler de ces conneries ?

– Les enfants ne sont pas difficiles...

– C'est des petits cons qui se croient tout permis, t'empêchent de dormir toute la nuit et te réveillent à l'aube, n'apprécient pas la moindre chose que tu fais pour eux et te saignent à blanc pendant les dix-huit premières années de leur vie. T'appelles ça facile, toi ?

– Même si c'était vrai, c'est bien plus que ça.

– Laura et moi on s'est assez disputés à ce sujet. Je ne vais pas recommencer.

– Très bien, dit Benton entre deux gorgées. Alors perds ton grand amour. Tape-toi des putes jusqu'à ce qu'elle t'oublie et qu'elle épouse un autre. Laisse-la refaire sa vie pendant que tout dans la tienne reste pareil — sauf ton âge.

———

Je mis un mois à retrouver un semblant de normalité.

Les bleus s'estompèrent, et ma peau retrouva sa teinte normale. Je n'avais plus mal chaque fois que je bougeais. Je m'étais remis dans le bain. J'avais retrouvé et buté les hommes qui avaient essayé de me tuer avec Leonardo et je cherchais des nouvelles recrues pour remplacer ceux qu'ils avaient tués.

Ma vie avait repris son cours.

Sauf pour une chose… le trou béant dans mon cœur.

Les choses s'amélioraient, mais pas beaucoup.

Je rejouais ma dernière conversation avec Laura dans ma tête, rêvant d'un autre dénouement. J'aurais souhaité être un homme différent pour pouvoir être avec elle. J'aurais aimé qu'elle soit différente, une femme qui ne voulait pas d'enfants.

Mais ce n'était pas la réalité.

Je demandai à mes gars de recommencer à surveiller son appartement, attendant le moment où elle se mettrait à fréquenter quelqu'un. Je n'avais couché avec aucune femme depuis notre rupture, et je m'en empêchais au cas où quelque chose change. Une partie de moi s'accrochait à l'espoir que ce n'était pas fini… qu'elle était encore à moi.

Mais dès qu'un type passerait la nuit chez elle, je saurais que je pouvais tourner la page.

J'étais chez moi quand l'un des gars m'appela. Ils ne m'appelaient jamais, car il n'y avait rien à rapporter. Elle ne faisait qu'aller bosser, puis rentrer seule chez elle. Il y avait donc eu un changement dans son comportement.

Je savais déjà ce qu'il allait me dire en décrochant.

– Ouais ?

– Laura reçoit beaucoup de colis.

Je sourcillai à l'étrange information.

– Tu m'appelles pour me dire qu'elle se fait livrer des colis Amazon ?

– Des gros colis. Comme des meubles.

Des meubles ?

– Quel genre de meubles ? demandai-je.

Je l'entendis fouiller dans des photos au bout du fil.

– Un berceau. Une table à langer. Un rocking-chair.

Je faillis lâcher le portable.

– Monsieur ?

Je raccrochai.

Mon médecin, Maurice, dénicha le dossier médical de Laura, puis fit glisser son laptop vers moi.

– Elle a eu son premier rendez-vous avec l'obstétricien la semaine passée. Selon les résultats du labo, elle est enceinte d'environ deux mois et demi.

Presque trois mois.

Elle atteignait la fin du premier trimestre.

Depuis combien de temps elle le savait ?

– L'analyse de sang date de quand ?

– Environ six semaines.

Elle le savait lorsqu'elle avait tué son père. Elle le savait deux semaines plus tôt. Elle portait ce secret seule et ne me l'avait jamais avoué.

———

Benton ouvrit sa porte.

– Qu'est-ce que tu fous ici ?

– Je dois te parler.

– T'aurais dû appeler.

– Je l'ai fait. T'as pas répondu.

– Parce que je suis occupé…

– Je dois te parler. C'est important.

Il me fusilla du regard puis me claqua la porte au nez. Il fut parti un bon moment avant de rouvrir la porte et de me rejoindre dehors.

– Qu'est-ce qu'il y a ?

– Laura est enceinte.

Benton s'arrêta sur le trottoir.

C'était la première fois que je le disais tout haut — et c'était douloureux.

– Elle est avec un autre type ?

Je secouai la tête.

– Alors, c'est le tien.

– Ouais... c'est le mien.

Je savais que j'avais été le seul homme dans sa vie depuis notre rencontre.

– Je comprends mieux notre dernière conversation maintenant. Elle refusait de renoncer aux enfants pour moi... parce qu'elle était déjà enceinte.

Benton étudia mon regard.

– Elle voulait savoir ce que tu ressentais réellement.

Je fermai les yeux, repensant à toutes les horreurs que j'avais déblatérées alors même que mon enfant poussait dans son ventre.

– J'arrive pas à croire qu'elle m'ait rien dit.

– Elle t'a donné une échappatoire. Une chance de t'en aller sans culpabiliser.

– Elle devait savoir que je finirais par l'apprendre.

– Mais tu pourrais toujours faire comme si de rien n'était. Tu pourrais l'ignorer. Ne jamais avoir cette conversation avec elle.

– Je lui ai dit que si on avait un gosse, je ne passerais pas une seule seconde de ma vie avec lui...

Benton était aussi stoïque que moi, mais même lui sourcilla à mes mots.

– Alors elle t'a rendu service, Bartholomé.

– J'imagine...

Je regardai au loin, sentant le sol se dérober sous moi même si j'avais les pieds fermement plantés sur terre.

Benton me fixa.

– Tu peux enfin tourner la page.

Pouvais-je vraiment le faire ?

Il glissa les mains dans ses poches en étudiant mon profil.

– Qu'est-ce que je fous, putain ?

– Passe à autre chose.

– Je ne peux pas lui faire ça.

Pouvais-je vraiment délaisser mon gosse comme mon père m'avait abandonné ? Pouvais-je laisser Laura être une mère célibataire ?

– Je ne crois pas que tu aies le choix.

Je me tournai vers lui.

– Tu as été clair avec elle, Bartholomé. Elle saura que tu le fais seulement parce qu'elle est enceinte — et ce n'est pas ce qu'elle veut.

– Alors je la convaincrai du contraire.

– Tu mentirais.

Si je l'abandonnais, elle serait toute seule à concilier boulot et parentalité. Elle rencontrerait peut-être un autre homme, qui deviendrait le beau-père de mon enfant. Un enfant qu'il n'aimerait sans doute jamais autant que les siens. Mon gosse arriverait toujours en deuxième — parce que j'avais choisi d'être un lâche.

– Non... je ne mentirais pas.

27

LAURA

J'étais assise par terre dans la future chambre d'enfant, à essayer de monter le satané berceau de bois. Il était livré avec des instructions et différentes sortes de vis, mais je n'y comprenais rien. Chaque fois que j'assemblais deux morceaux, ils se défaisaient.

Frustrée, j'avais envie de balancer mon tournevis contre le mur.

– Saloperie...

Le bébé ne pouvait-il pas simplement dormir avec moi ?

Quelqu'un frappa à ma porte. Le bruit était faible, provenant de l'entrée au bout du couloir. Je n'attendais pas de visite, et toutes mes livraisons étaient collectées par les employés au rez-de-chaussée. J'arrivai devant la porte et je regardai dans le judas.

C'était Bartholomé.

Oh mon Dieu. Je reculai, la main sur la bouche. Je pensais ne plus jamais le voir. Que faisait-il ici ? Que voulait-il ?

– Laura ? dit sa voix profonde de l'autre côté du bois épais.

Merde.

– Donne-moi une seconde...

J'enfilai un pull ample même si c'était seulement le début de l'automne, je virai toutes les affaires de bébé dans une chambre, puis je fermai la porte pour l'empêcher d'y jeter un coup d'œil.

J'allai ouvrir, visiblement troublée, et je me retrouvai face à l'homme qui hantait mes pensées depuis la dernière fois que je l'avais vu. Il était toujours aussi dur. Aussi séduisant.

Nous nous regardâmes, et je me demandai ce qu'il pensait de moi. La grossesse m'avait fait prendre quelques kilos. Pas beaucoup, mais mon visage était plus rond, et mes cuisses étaient plus larges. Le pull cachait mon bide.

Il me fixa comme si rien n'avait changé.

– Je peux entrer ?

J'oubliais toujours de l'inviter à entrer. Le regarder me paralysait.

– Ouais.

Je le fis entrer, et nous nous retrouvâmes ensemble dans mon appartement, un appartement beaucoup trop grand pour une seule personne. Mais je ne serais bientôt plus seule.

Il regarda autour de lui avant de me faire face.

Mon cœur se serrait chaque fois que nos regards se croisaient.

– Comment va ton…?

J'indiquai son torse, qui serait balafré d'une cicatrice pour le restant de ses jours.

– Je ne sens plus la douleur.

– C'est bien.

– Comment tu vas ?

– Ça va.

Mes priorités avaient changé au moment où j'avais appris que je ne serais plus seule. Préparer l'arrivée du petit être avec qui je partagerais bientôt ma vie était tout ce qui m'importait maintenant. Quand Bartholomé m'avait dit qu'il détestait toujours les enfants, j'avais été dévastée, et j'avais pleuré à chaudes larmes après son départ. Son rejet m'avait fait plus mal cette fois, sachant qu'une vie poussait déjà en moi, une vie qu'il ne connaîtrait jamais.

– Et toi ?

– Tu me l'as déjà demandé.

– Je veux dire... au boulot... avec Benton.

– Ça va.

Nous étions à court de choses à nous dire.

– T'es venu pour une raison en particulier...?

Ses yeux sondèrent les miens, profonds et puissants, me revendiquant même si je n'étais plus à lui.

– Je suis venu pour toi. Je veux qu'on soit ensemble. La séparation... je n'en peux plus.

Je vis la sincérité dans ses yeux, vis le mec de mes rêves se languir de moi, mais au lieu de me faire du bien, c'était comme un supplice.

– Rien n'a changé.

– Je veux être avec toi — à n'importe quelle condition.

Je fouillai son regard, excitée et perplexe à la fois.

– Je... je ne comprends pas.

– Qu'est-ce que tu ne comprends pas ?

– T'as juste... changé d'avis ?

– J'ai réalisé qu'être avec toi, peu importe les conditions, est mieux qu'être seul.

– Mais tu ne veux pas d'enfants. Tu as été très clair.

Il me fixa longuement, sans même ciller.

– J'ai changé d'avis.

– Pourquoi ?

– Parce que.

Quelque chose clochait. C'était trop facile.

– Tu m'as dit que tu *détestes* les gosses.

– Et tu m'as fait réaliser que j'ai seulement peur d'eux...

– Tu m'as dit que si on avait un enfant, tu ne serais pas présent dans sa vie...

– *Laura,* me coupa-t-il, grimaçant à mes mots. Je me souviens de ce que j'ai dit. Pas besoin de me le rappeler. Je ne veux pas que ça soit la raison de notre séparation. Quand ce moment viendra, je vais essayer d'être prêt, d'être le meilleur père possible. Je suis prêt à essayer pour toi.

Ça ne tenait pas debout. Bartholomé s'était toujours opposé mordicus à l'idée d'avoir des enfants, et là il débarquait chez moi, ayant fait une volte-face inexplicable. Je scrutai son visage, cherchant des réponses dans ses yeux, mais je ne trouvai rien.

Puis... ça me frappa d'un coup.

S'il s'était présenté chez moi à l'improviste... c'était parce qu'il savait.

Il le sait.

– Non...

– Quoi ?

– Je ne voulais pas que ça se passe comme ça.

Il fronça les sourcils et ses traits se durcirent.

– Ce n'est pas l'histoire d'amour que je voulais...

– Laura...

– Va-t'en.

– Je ne partirai pas. Pas cette fois. Jamais.

– Je t'ai donné la chance de me choisir par amour, pas par obligation. Tu as fait ton choix, maintenant assume-le.

– Je ne suis pas ici par obligation...

– Si tu l'es. C'est la seule raison de ta présence.

– Laura, j'aurais pu continuer ma vie sans me faire chier. Je n'étais pas obligé de venir. Je n'étais pas obligé de me soucier de toi. Mais je suis là parce que c'est le cas, parce que je ne veux pas que mon enfant ait un beau-père, parce que je ne veux pas que mon enfant ait un père qui n'a rien à foutre de lui.

Je reculai, ma vie privée violée, mon monde renversé.

– Ma chérie...

– Non. Je sais ce que tu ressens vraiment.

– Et mes sentiments ont changé dès que je l'ai appris, s'énerva-t-il. C'est comme ça que ça marche, non ? On n'est pas prêt à être un parent jusqu'à ce qu'on soit forcé de l'être. On ne sait pas ce que c'est d'avoir un gosse avant d'en avoir un. Je sais ce que je ressens maintenant. Je veux le faire avec toi.

Je croisai les bras et reculai encore.

– Tu sais ce que j'ai dit à Benton quand il m'a annoncé qu'il allait avoir un gosse ?

– De recourir à l'avortement.

– Ce qui est une option pour nous parce qu'on est encore au premier trimestre.

Je plissai les yeux.

– Est-ce que j'ai dit ça ? insista-t-il.

– Tu sais que je dirais non.

– J'ai aucune idée de ce tu penses, Laura. Parce qu'on n'en a pas parlé. Parce que tu ne me l'as pas dit. Et non, je ne l'ai pas suggéré parce que je ne laisserais jamais rien arriver à notre fils ou notre fille. Comment je peux détester quelqu'un qui est à moitié toi ?

Je détournai le regard.

– Laura...

– C'est ce que tu dis maintenant, mais tu vas finir par t'en aller... tu vas t'en aller quand ça va être trop dur pour toi. Et je ne peux pas le supporter. Je préfère que tu ne fasses pas partie de notre vie plutôt que de te voir nous abandonner plus tard.

Il pencha la tête d'un côté et me fixa.

Si intensément que j'en baissai les yeux.

– Depuis quand je ne suis pas loyal envers toi ?

Je gardai les yeux par terre.

– J'ai tout sacrifié pour toi, Laura. J'ai laissé mes hommes mourir pour toi. Quand Silas t'a attaquée, j'ai tué lui et tous ses sbires. Quand notre relation s'est terminée, je t'ai acheté cet appartement pour que tu n'aies jamais à vivre dans cet endroit maudit. J'ai *toujours* été loyal envers toi. Et je le serai toujours.

– Je ne veux pas de la loyauté, Bartholomé. Je veux qu'on soit amoureux...

– On est amoureux.

– Et que notre famille s'agrandisse... et qu'on soit excités à l'idée. Je ne veux pas que l'homme que j'aime revienne parce qu'il se sent obligé de le faire. Je ne veux pas qu'il me promette de rester… parce que si on était heureux, tu n'aurais pas à me faire cette promesse de toute façon.

Il se tut.

– Je… je ne veux juste pas que ça soit comme ça.

Il resta silencieux.

J'étudiai son expression concentrée.

– Non, c'est pas comme tu l'as décrit, mais je crois que c'est plus profond que ça. Sinon, je ne serais pas ici. Dès que je l'ai su, toutes mes peurs et tous mes doutes se sont envolés. J'ai su que j'étais cent pour cent engagé dans cette histoire. J'ai su que je voulais être avec toi pour le restant de mes jours. J'ai su que je voulais être le père de cet enfant. Toutes mes priorités ont changé en un clin d'œil. Et je crois que c'est une histoire encore meilleure que ce que t'avais imaginé.

– Je… je ne sais pas.

Je gardai les bras croisés sur la poitrine, comme s'ils protégeraient mon cœur.

– Tu n'as pas le choix, Laura. Je suis là. Point barre.

– Si, j'ai le choix…

– Tu crois que je serais un mauvais père ?

J'hésitai à la question.

– Je... je n'ai pas dit ça.

– Alors pourquoi tu hésites ? Pourquoi tu résistes ?

Un soupçon de colère brillait dans ses yeux.

– Comme je l'ai déjà dit...

– Je t'aime, Laura, m'interrompit-il. Je veux être avec toi. Je veux élever ce gosse avec toi. Pourquoi c'est si dur à accepter ?

J'étais à court de mots.

– C'est parce que tu penses que je vais échouer. C'est parce que tu penses que je vais être un père merdique...

– Je ne pense pas ça, Bartholomé.

– C'est parce que je ne suis pas assez bien pour toi...

– Non !

– Alors bon sang, soyons ensemble.

Il me toisait, haletant, les yeux ronds de colère.

J'étais à court d'arguments. À court d'excuses. Il avait brisé toutes les barrières qui protégeaient mon cœur.

– D'accord...

―――――

Dès que sa bouche trouva la mienne, je fus transportée dans un autre monde.

Un monde familier. Chaleureux. Accueillant. Sûr.

Il nicha ma nuque au creux de son énorme main en m'embrassant, et sa bouche puissante dévora la mienne avec une agressivité romantique. L'autre main me malaxa les fesses comme il le faisait avant, et il sembla se délecter de la masse qu'elles avaient prise.

Je pris son visage taillé à la serpe entre mes mains, sentant le chaume rugueux sur sa mâchoire carrée. Mes lèvres s'entrouvrirent et il m'insuffla la vie. Il emplit mes poumons d'amour, de désir. La flamme ravivée, nous nous embrasâmes, et le feu brûla sur son passage la souffrance et le chagrin que nous avions vécus.

Quand je glissai la main sous son t-shirt pour sentir sa peau, il l'ôta lestement et l'envoya valser. Une seconde à peine s'écoula avant que nos lèvres se retrouvent. Il m'empoigna les fesses de plus belle alors qu'il me guidait vers le lit.

Nos vêtements tombèrent l'un après l'autre. Les siens étaient empilés en tas sur ses bottes, à côté de mon jean et mes chaussettes. Il glissa les mains sous mon pull et se mit à le retrousser.

Je lui saisis immédiatement les poignets.

Il me regarda dans les yeux.

J'ignore pourquoi je le faisais. L'insécurité. La peur.

– Mon corps n'est plus comme avant...

Son regard assuré sombra dans le mien sans hésitation. Puis il passa la main sur son torse, là où une horrible cicatrice marquait son corps parfait.

– Le mien non plus, ma chérie.

Ses mains replongèrent sous mon pull et me l'enlevèrent, emportant mon t-shirt dans la foulée. Mon torse fut révélé, exposant mes seins plus gros qu'avant.

J'étais littéralement mise à nu — et j'avais la trouille.

Il m'observa sous lui, fixant le corps qui avait déjà changé de façon subtile. Mon ventre était légèrement arrondi, facile à cacher sous des vêtements, mais pas lorsque j'étais dans le plus simple appareil. Je savais que la différence sautait aux yeux. J'avais accepté que mon corps change, mais je savais que c'était différent pour lui. Tous ces changements étaient des indices — qui annonçaient l'arrivée d'un bébé.

Il posa sa grosse main sur mon ventre, ses doigts s'étendant sur toute sa largeur, son pouce se blottissant dans la vallée entre mes seins. Il laissa sa main là, comme s'il s'attendait à sentir un battement de cœur ou un coup de pied. Puis il leva de nouveau les yeux vers moi. Son regard était sulfureux comme s'il me désirait plus que jamais.

Il me posa sur le matelas et grimpa sur moi.

Mon pouls s'emballa, car j'avais imaginé ce moment dans mon intimité, la main enfoncée dans ma culotte, toutes les lumières éteintes pour que personne ne voie mon impudeur depuis l'immeuble voisin.

Il positionna une de mes cuisses contre sa poitrine et plia mon corps sous lui. Il se rapprocha et ses yeux sondèrent les miens alors qu'il se guidait vers ma fente.

J'étais tellement chaude. Tellement désespérée. Plus que jamais prête à le sentir me pénétrer à nouveau.

Son gland s'inséra en moi, m'étirant les chairs. Puis il se glissa à l'intérieur, gainé par la moiteur si abondante que j'en eus presque honte. Il s'enfonçait en moi comme un ours se préparant à hiberner pour l'hiver. Un gémissement viril s'échappa de sa bouche, et il me regarda avec une possessivité sauvage.

C'était si bon, et il ne s'était rien passé encore.

Il se mit à tanguer, son bassin allant et venant à un rythme lent et régulier, nos corps s'alliant toujours aussi naturellement. Sa respiration se hacha immédiatement, et je me tordis sous lui alors que mes ongles acérés lui griffaient la peau.

Il eut du mal à me faire l'amour comme il le faisait avant, atteignant son seuil en un temps record. Il dut faire une pause avant de se remettre à bouger, parce que c'était foutrement divin.

Cet homme m'allumait tellement que je n'eus pas besoin de grand-chose pour atteindre le précipice non plus. Le simple fait de l'avoir en moi, dans mon corps et dans mon cœur, suffit à me faire perdre le contrôle. Je pris son visage à deux mains alors que mon corps se raidissait, se préparant pour l'explosion imminente.

– Je t'aime...

J'étais en feu. J'étais extatique. J'étais libre. Les larmes me montèrent aux yeux, et je tanguai le bassin en rythme avec le sien alors que le plaisir le plus exquis de ma vie me balayait tout entière.

Il me regarda jouir, accélérant la cadence pour décupler ma vague de plaisir. Il haletait, mais il était déterminé à me faire prendre mon pied la première. Il admira le spectacle sans cesser les coups de reins, attendant que les larmes dévalent mes joues avant de se laisser aller.

– Je t'aime.

Nous ne parlâmes pas du reste de la soirée. Nous nous étendions l'un à côté de l'autre, sa main sur mon ventre, puis c'était reparti pour un tour. J'étais sur lui, assise à califourchon sur ses hanches comme une cowgirl alors qu'il était adossé à la tête de lit, puis il me tringla par-derrière, sa main m'empoignant les cheveux comme un lasso. Nous étions de retour dans le passé, à l'époque où nous nous envoyions en l'air dans une chambre d'hôtel et vivions le moment présent, car nous n'avions pas d'avenir.

Sauf que nous avions un avenir maintenant. Un long avenir devant nous.

Je m'endormis à côté de lui, et lorsque j'ouvris les yeux, il n'était plus là.

Il faisait nuit dehors.

Quand je touchai les draps, ils étaient froids.

Je sentis la peur s'emparer de moi, terrifiée à l'idée qu'il soit sorti de ma vie pour de bon, puis je me rassurai. C'était insensé. Une partie de moi était encore au pays des rêves. Je me levai et trouvai ses bottes et ses vêtements là où il les avait laissés.

Je partis à sa recherche, et quand j'entendis un bruit provenant de la chambre du bébé, je sus où il était allé. Je tournai le coin et jetai un coup d'œil à l'intérieur, le trouvant en train d'assembler le berceau. Il avait presque fini. Il serra les dernières vis avant de tester la solidité du meuble en le secouant.

Je m'appuyai contre l'embrasure et l'observai, les bras croisés sur la poitrine, le voyant sous un tout nouveau jour.

Il zyeuta le berceau un moment avant de regarder les autres articles que j'avais achetés. La table à langer était encore emballée. Il y avait des couches, des jouets, un tire-lait. Que des articles que j'avais commandés en ligne.

– Merci.

Il se retourna lentement et me regarda. J'ignore s'il savait que j'étais là ou non. Ses yeux sombres étudièrent ma silhouette, en culotte et en t-shirt dans le cadre de la porte.

– Ça existe des berceaux noirs ?

Je souris de toutes mes dents, sachant qu'il était sérieux.

Il sourit aussi.

– Et si c'est une fille ?

– Les filles aiment le noir, dit-il en posant les outils, puis s'avançant vers moi. Ça sera plus beau chez moi de toute façon.

– Chez toi ? demandai-je.

– Je présumais qu'on vivrait là-bas.

Mon appartement était beau et chic, mais il était beaucoup trop grand pour moi, et je m'y sentais encore plus seule que si j'avais été dans un lieu plus petit.

– Je n'y avais pas pensé.

Je n'avais songé à rien d'autre que la baise depuis qu'il avait franchi la porte.

– Penses-y maintenant.

– C'est pas un peu trop ? On a vraiment besoin d'un majordome et tout le reste ?

– Oui.

– Je ne veux pas que notre enfant soit pourri gâté.

– C'est pourquoi on doit lui apprendre à être riche. Crois-moi, c'est pas pour tout le monde.

La situation était tellement étrange. Bartholomé et moi avions une conversation sur la façon d'élever des enfants. Enfin, un désaccord.

– J'aime cet appartement.

Il regarda autour de lui.

– C'est petit.

– Petit ? m'étranglai-je.

Il faisait près de trois cents mètres carrés.

– Les enfants courent partout, non ?

– Si, mais ils ne s'entraînent pas pour le marathon.

Un sourire se dessina sur ses lèvres.

– On n'est pas obligés de décider tout de suite.

– Eh bien... tu crois que c'est une bonne idée pour toi de rester ici ? Tu ne devrais pas recommencer ta vie ailleurs ?

Quiconque voulait le voir mort saurait exactement où le trouver. Où trouver toute sa famille.

Il réfléchit en silence.

– Quand je me serai retiré, je n'aurai plus de pouvoir. Et quand je n'aurai plus de pouvoir, je n'aurai plus d'importance. Pourquoi m'attaquer alors ?

– J'en sais rien... la vengeance ?

Ses yeux étaient sur moi, scrutant mon visage.

– Je trouve improbable que quelqu'un me garde rancune assez longtemps pour m'attaquer à ma retraite. La garde rapprochée reste de toute façon.

– Genre, pour toujours ?

– Oui. Pour toujours.

– Alors tu es inquiet.

– Prudent, tu veux dire. Quiconque est si riche emploie une équipe de sécurité. T'as beau être un moins que rien, si t'as du pognon, t'as toujours une cible dans le dos.

– Eh bien... je veux une vie tranquille.

– Elle sera tranquille. Paisible. Je m'occuperai de ces choses-là pour que tu n'aies pas à le faire.

La future mère en moi se doutait que je m'inquiéterais tous les jours jusqu'à la fin de ma vie.

– Tu veux absolument vivre à Paris ? demandai-je.

Ses yeux fouillèrent les miens.

– Je veux absolument vivre avec toi — peu importe où on est.

– Alors on pourrait peut-être refaire notre vie ailleurs.

Il réfléchit un moment.

– Et aller où ?

– J'en sais rien... à Florence ?

Son visage resta impassible.

– J'ai toujours adoré Florence. Ma sœur vit là-bas. Je trouve que c'est un endroit sympa où s'installer.

Le silence continua.

– À moins que tu aies une autre idée ?

Il ne répondit pas à la question.

– Tous mes biens sont en France. Je vais devoir revenir de temps en temps pour gérer mes affaires.

– Oh...

Je n'y avais pas songé.

– Pourvu que tu l'acceptes, ça me va.

– Vraiment ?

– Rien d'autre ne me retient ici.

– Il y a Benton.

– Je le verrai quand je serai dans le coin. Il est occupé avec sa famille, comme je le serai avec la mienne.

Il m'observait toujours, comme s'il cherchait à lire dans mes pensées.

– Quoi ?

– J'attends le reste des demandes.

– Ce n'est pas des demandes, Bartholomé. C'est des compromis.

– Il y a autre chose ?

– Tu comptes quitter les Chasseurs quand ?

Il se tut un instant.

– Je vais avoir besoin d'une semaine. Je ne peux pas partir du jour au lendemain sans explication.

– Je comprends.

Nous nous fixâmes.

– Ça va être bizarre... de te voir debout en plein jour.

Son sourire en coin revint au galop.

– On va avoir un bébé, chérie. Je crois que je vais passer mes nuits debout comme d'habitude.

28

BARTHOLOMÉ

J'étais assis sur le trône de crânes, dans l'air vicié des Catacombes, les hommes discutant autour de moi. J'avais passé dix ans de ma vie ici. Je n'y avais noué qu'une seule amitié, mais j'avais forgé une loyauté pour la vie avec beaucoup d'hommes.

Sans cela... je ne savais plus très bien qui j'étais.

Juste un homme.

Un père.

Un mari... un jour.

Je ne pouvais pas mentir et prétendre qu'il était facile d'abandonner mon identité, le monde que j'avais toujours connu. Mais c'était le prix à payer pour avoir ce que je voulais, pour protéger ma famille.

———

J'attendais Benton au bar.

Il arriva quinze minutes plus tard.

Quand je remarquai la tache sur sa chemise, je supposai que son nouveau-né avait régurgité sur lui.

Ça allait bientôt m'arriver.

Il s'assit à côté de moi, commanda à boire, puis il me regarda.

– On déménage à Florence, annonçai-je.

– Qu'est-ce qu'il y a à Florence ?

– Une vie loin de tout ça.

Il opina.

– C'est sans doute mieux ainsi.

– Il y a trop de soleil à mon goût.

– Je suppose que tu ne pourras pas t'habiller en noir tout le temps.

Je souris.

– Tu as démissionné ?

– Pas encore. Je ne peux pas partir avant d'avoir trouvé quelqu'un pour me remplacer.

– Je ne suis pas sûr qu'on puisse te remplacer, Bartholomé.

Avec un autre patron, les méthodes seraient différentes. Tout changerait. Ça me dérangeait, mais il fallait que j'apprenne à lâcher prise.

– En fait, je pense à quelqu'un... mais je voulais t'en parler.

Benton s'immobilisa à ces mots, ses doigts se figeant sur le verre.

– Je ne lui demanderai que si j'ai ta bénédiction.

Il me fixa, le regard dur, mélange de colère et de calme.

– Sinon, je choisirai quelqu'un d'autre.

– Merci de prendre au dépourvu.

– Tu peux dire non, Benton. Tu n'as qu'un mot à dire.

Il poussa un grand soupir et se frotta la nuque.

– Bon sang...

– J'ai ma réponse.

– Non...

Je plongeai le regard dans mon verre.

– Je ne veux pas en être à l'origine.

– Ça peut avoir une incidence sur ta vie, Benton.

– Je m'en rends compte.

– Tu devrais peut-être déménager à Florence, alors.

– Peu importe où on vit, dit-il entre deux gorgées. Tu penses vraiment qu'il est le meilleur choix ?

D'autres hommes étaient avec moi depuis plus longtemps, depuis le début.

– Quand c'est parti en vrille, Blue m'est resté fidèle — jusqu'au bout. Je ne peux pas en dire autant des autres. Ils ne se sont peut-être pas soulevés contre moi, mais leur manque de loyauté était flagrant.

– Tu crois qu'il est fait pour ce travail ? Blue est un taiseux.

– Se taire est un défaut ?

Il haussa les épaules.

– Je ne parle pas quand je baise. Je ne parle pas quand je tue. En fait, je ne dis pas grand-chose.

– On dirait que tu as bien réfléchi. Si c'est ce que tu veux faire, vas-y.

J'avalai une gorgée et laissai la brûlure descendre dans ma gorge.

– Parle maintenant ou tais-toi à jamais.

– C'est bon, Bartholomé. Je pense que c'est une erreur. Je pense qu'il le regrettera. Mais il faut qu'il tombe, se relève et apprenne par lui-même.

La conversation mourut et nous finîmes notre verre en silence. Puis nous commandâmes une nouvelle tournée. Avant, je plaignais Benton, car sa vie s'était arrêtée quand il avait eu Claire, mais aujourd'hui, il m'arrivait la même chose.

– Comment ça se passe avec Laura ?

Je fixai mon verre.

– Je suis heureux de l'avoir retrouvée. Quand on est ensemble... c'est toujours bien.

– Super. Et le bébé ?

– Je sais qu'il existe, mais j'ai encore du mal à le réaliser.

– Et ça te semblera irréel jusqu'à ce que tu tiennes l'enfant dans tes bras. Quelle que soit la rondeur du ventre de Laura.

Son ventre avait changé. Son visage avait changé. Des changements subtils, mais je les avais remarqués tout de suite. Ça ne me dérangeait pas du tout, surtout depuis que j'avais senti la petite bosse au creux de ma paume. Je dois avouer que ça me plaisait. D'une manière tordue. J'aimais être responsable de toutes ces transformations.

– Je suis heureux avec Laura, mais tous les changements à venir ne m'enchantent pas. Ma vie a été passionnante jusqu'à présent. Elle va devenir répétitive, monotone, prévisible…

– Prévisible est le dernier mot que j'utiliserais pour décrire l'éducation d'un enfant.

– Oui, mais tout le reste ? Qu'est-ce que je vais faire de mon temps ?

– Trouve-toi une passion.

– Gagner de l'argent est ma passion.

– Alors gagne de l'argent.

– Gagner de l'argent *illégalement* est ma passion, dis-je avant de boire une rasade. Je sais que c'est le souhait de Laura, mais je parie qu'elle regrettera tous ces changements. Elle va me voir sous un jour nouveau. Chiant. Gros. Impuissant.

– Gros ? demanda-t-il. Tu me trouves gros ?

Je souris.

– Tout ne doit pas changer, Bartholomé. Certaines choses, mais pas toutes. Et elle te désirera encore plus dans ce nouveau rôle.

– On verra...

29

LAURA

Je n'avais pas beaucoup vu Bartholomé cette semaine.

J'avais passé mon temps à chercher des maisons à Florence, me demandant s'il préférait vivre dans une villa toscane à l'extérieur de la ville, ou être en plein cœur de la vie de la cité, animée et trépidante.

Il passait le soir, me prenait dans toutes les positions, puis il repartait. Notre relation était redevenue comme avant, mais quelque chose avait changé. Il était distant avec moi, encore plus qu'avant.

Je craignais qu'il ait changé d'avis. La perspective de sa retraite lui avait offert un instant de réflexion, et il avait réalisé que renoncer à tout pour élever une famille n'en valait pas la peine. Je redoutais qu'il franchisse le seuil et déclare que tout était fini, une fois de plus.

Le silence me ramenait aussi à d'autres pensées.

Mon père.

J'avais été trop occupée à survivre, trop occupée à regretter Bartholomé pour laisser la culpabilité s'insinuer en moi. Aujourd'hui, elle me submergeait d'un coup, comme une brique tombée sur ma tête. Son corps avait été rapatrié à Florence pour être enterré auprès de ma mère, même s'il ne le méritait pas, et je n'avais pas assisté aux funérailles.

Merde, c'est lui qui l'avait tuée.

J'ignorais quel serait le destin des Skull Kings, si quelqu'un avait déjà pris sa place. Ma sœur m'avait appelée pour proférer des horreurs sur moi. Les rares mots que j'avais pu saisir au milieu des sanglots étaient très durs.

Je revivais ce moment en boucle, me demandant si j'aurais pu faire autre chose, prendre une décision différente qui les aurait gardés tous les deux en vie, mais je ne voyais pas d'autre issue.

C'était mon père ou Bartholomé.

J'avais choisi le bon, mais je souffrais d'avoir eu à choisir.

J'avais choisi l'amour de ma vie. Le père de mon enfant. L'homme que j'espérais épouser un jour.

J'étais sur le canapé du salon lorsque Bartholomé entra avec sa clé. C'était comme au bon vieux temps, quand il allait et venait sans prévenir ni expliquer. Dès qu'il s'avança dans la pièce, l'énergie changea, se chargeant de son imposante présence. Il était en noir, son blouson de cuir lui tenant chaud par cette soirée d'automne, et ses bottes tapant le parquet avec un bruit caractéristique. Il jetait toujours un coup d'œil autour de lui lorsqu'il entrait dans la pièce avant de me regarder.

J'étais en jogging, car je ne m'attendais pas à sa visite. J'avais relevé mes cheveux en chignon et je portais un pull qui cachait mon ventre. Je n'avais pas honte de la petite vie qui poussait en moi, mais je n'étais pas prête à accepter les changements que mon corps allait subir. Comme beaucoup de femmes, j'aurais probablement des vergetures. Peut-être une cicatrice de césarienne. Des marques de grossesse imprimées à vie sur mon corps.

Il s'assit à côté de moi, face au feu de cheminée. Il glissa machinalement la main sous mon pull pour sentir la petite bosse que j'essayais de cacher. Sa main était brûlante, comme une poêle chaude sur ma peau.

Je posai la main sur la sienne. À la seconde où nous nous touchâmes tous les trois, je me sentis bien. J'aimais cet homme comme je n'avais jamais aimé personne et j'étais si heureuse que nous ayons créé ensemble quelque chose qui durerait toute notre vie et au-delà. Même après notre mort, notre amour continuerait à vivre.

Mais ensuite, je regardai ses yeux et je n'y vis rien.

– Bartholomé ?

Il tourna la tête vers moi, me montrant son visage de face.

– Ne viens ici que si tu en as envie.

Ses yeux me fixèrent sans bouger. Sa main resta posée sur mon ventre.

– Je viens ici tous les soirs pour être avec toi. Je touche ton ventre pour sentir la vie qu'on a créé ensemble. Alors qu'est-ce qui te fait penser que j'ai envie d'être ailleurs ?

– Ton regard…

Il fronça les sourcils.

– Tu as l'air triste.

– C'est juste ma tronche, ma chérie.

– Non, c'est différent. Tes yeux sont vides. On dirait que tu as... tout perdu.

Il me regarda sans respirer, arborant l'expression impénétrable des joueurs de poker. Il m'excluait complètement, m'interdisant l'accès à ses pensées et à ses émotions intimes.

– Bartholomé...

Il retira sa main et se redressa sur le canapé, me présentant ses épaules et son dos.

Peut-être que je n'aurais rien dû dire.

– J'ai demandé à Blue de prendre ma place. Il a accepté. Je lui ai présenté tout le monde et je l'ai informé de nos projets. J'ai annoncé aux hommes qui m'ont suivi ces dix dernières années que j'allais me retirer des affaires. Je ne vais pas te faire croire que c'était facile ni que le pouvoir ne me manquera pas de temps en temps.

– Si ce n'est pas ton souhait...

– C'est mon souhait. Mais ça ne veut pas dire que c'est facile. Je n'ai jamais rien eu dans ma vie — sauf ce monde souterrain. Sans lui, je ne suis rien.

– C'est faux.

Il se leva et se dirigea vers le feu, qu'il fixa.

– Je ne suis plus l'homme dont tu es tombée amoureuse. Je ne suis pas dangereux. Je ne suis pas puissant. Je ne suis pas énigmatique. Je suis simplement... moi.

Je m'approchai de lui dans son dos.

– C'est toi que je veux, Bartholomé. Tu es tout ce que j'ai toujours voulu. Simplement toi. (Il ne se retourna pas.) Cette grossesse va changer mon corps. Je ne serai plus la même. Mais je sais que tu m'aimeras toujours.

Il tourna d'abord la tête, puis le reste de son corps suivit. Mes mains remontèrent sur sa poitrine jusqu'à son visage, que je pris en coupe.

– Je suis tellement amoureuse de toi. Pas de ton argent. Pas de ton pouvoir. Mais de ton cœur. De ta loyauté. De tes yeux. Tu n'as pas besoin des Chasseurs... Pas quand tu m'as moi... nous.

Il fouillait mon regard. Il ne respirait pas. Il ne clignait pas des yeux. Il resta ainsi un long moment, m'observant comme s'il jaugeait ma sincérité. Puis brusquement, il m'enlaça et me colla contre sa poitrine. Sa bouche ne s'écrasa pas sur la mienne. Non, il me fit juste un câlin. Il posa le menton sur ma tête et me serra tendrement dans ses bas, devant le feu.

30

LAURA

Assise sur le balcon en bikini, je laissais le soleil me réchauffer la peau, car la journée était chaude pour la saison. Mon ventre était bien rond maintenant ; j'étais visiblement enceinte.

Quand j'entendis la porte-fenêtre s'ouvrir et se refermer derrière moi, je sus que Bartholomé était de retour.

Il prit l'autre chaise avant de sortir un pot en carton d'un sac en papier.

– Gelato di riso, annonça-t-il en ôtant le couvercle, puis me tendant le pot et une cuillère.

– Merci, dis-je, souriant de toutes mes dents en le prenant, avant de savourer ma première bouchée. Oh, comme ça m'avait manqué. Je mangeais tout le temps ça quand j'étais enfant.

Il s'adossa et me regarda.

– Alors je parie que notre gosse aussi.

– Tu ne veux pas goûter ?

Il secoua la tête. Ce type ne mangeait jamais de sucreries. Il ne touchait pas à la corbeille à pain au restaurant. Il dînait de poulet et de légumes. Bref, c'était l'homme le plus rasoir au monde.

Mais il était sublissime, alors ça compensait.

– L'agent immobilier m'a appelé, dit-il. Il y a une nouvelle propriété à vendre à l'extérieur de Florence.

– Où ça ?

– À Casole d'Elsa.

– C'est une région magnifique. Un peu en dehors de la ville. Ça ne te dérangerait pas de vivre aussi loin ?

Il haussa les épaules, vêtu de son jean et son t-shirt noirs.

– J'irai là où tu voudras aller, ma chérie.

– Ça ne répond pas à ma question.

Il sourit en coin.

– C'est toi qui décides.

– Mais tu dois bien avoir une opinion. Je veux tenir compte de tes préférences.

Il regarda au loin le Duomo qui s'élevait dans le paysage.

– Je sais que dalle sur les mômes, alors je vais devoir m'en remettre à toi en ce qui concerne le bien de notre famille. Vivre à Florence sera peut-être idéal quand nos enfants seront plus grands et qu'ils pourront aller à l'école à pied, mais la campagne est sans doute plus appropriée pour des bambins. On peut toujours changer d'avis. Je garde l'appartement ici, alors il sera toujours là quand on en aura besoin.

J'étudiai son profil en rejouant ses paroles dans mon esprit.

– Nos enfants ? Au pluriel ?

Il se tourna vers moi.

– Je présumais que t'en voudrais plus qu'un.

———

La propriété était une magnifique villa entourée d'oliviers. Avec ses deux étages et sa vaste superficie, elle était beaucoup trop grande pour deux personnes. Il y avait une piscine et un grand terrain avec une vue sur la vallée à l'ouest. Un sentier sinueux bordé de pierres menait au sommet de la colline où trônait la maison aux murs d'un beige toscan.

C'était majestueux.

La main posée sur le ventre, je traversai l'immense salon, la cuisine digne d'un grand chef, les six chambres, les huit salles de bain et la terrasse parfaite où recevoir des invités les chaudes soirées d'été.

Bartholomé traînait derrière, visitant la maison à son propre rythme, examinant les aspects techniques, comme le chauffe-eau, la chaudière, les cheminées, et tous ces trucs ennuyeux auxquels s'intéressent les mecs.

– Qu'est-ce que t'en penses ? demanda-t-il en me rejoignant dans la cour.

Il portait enfin autre chose que du noir, un t-shirt blanc et un jean, et les couleurs faisaient ressortir la profondeur de ses yeux.

– Euh, c'est magnifique. Voilà ce que j'en pense.

– Tu la veux, alors ?

– Je ne sais pas...

– Qu'est-ce qui te fait hésiter ? Tout est rénové. C'est une maison clés en main.

– Euh, mais le prix ?

Il fronça les sourcils.

– Quoi, le prix ?

– C'est cher.

– Ah ouais ?

– T'es sérieux, là ?

– Je suis toujours sérieux, ma chérie. Je vais dire à l'agent de soumettre l'offre.

– Ouh là, attends, dis-je en le rattrapant par le poignet avant qu'il s'éloigne. C'est ton argent. Je veux m'assurer que c'est ce que tu veux...

– *Notre* argent.

– Bartholomé, on n'est pas mariés...

– Je te dis tout le temps que t'es ma femme, non ? répondit-il, ses yeux sombres sondant les miens. Le prix n'a pas d'importance pour moi. Achetons-la.

– Tu es sûr ?

– Oui, dit-il sans hésitation. Allons acheter notre maison.

Quelques mois plus tard, nous emménageâmes dans la villa.

J'étais enceinte de six mois, à l'approche du troisième trimestre, et je me sentais grosse et mal dans ma peau. Je n'étais pas à l'aise avec mon nouveau corps, et la petite femme que j'étais avant me manquait. Mes plus petits seins me manquaient, mon jean préféré me manquait, mon visage plus mince.

Bartholomé faisait comme s'il ne remarquait pas ces changements.

Que Dieu le bénisse.

Nous avions embauché un designer pour décorer la maison avec des meubles italiens sur mesure. Tout était fait au pays, mais quelques trucs venaient de France, comme la cuisinière et la batterie de cuisine, à l'insistance de Bartholomé.

L'hiver s'étant déjà installé quand nous emménageâmes, le ciel était gris et l'air était froid. Un feu brûlait dans la cheminée de chaque chambre en permanence, et la chaleur rayonnante nous réchauffait les pieds quand nous marchions sur le parquet.

Je m'habituais encore à la présence de Bartholomé. Avant, il était parti toute la nuit, mais maintenant il dormait à mes côtés. Il était aussi debout le jour, et il passait ses matinées à la salle de sport, s'adonnant à une séance de musculation intense avant de prendre son café. Il passait le reste de la journée à lire sur le canapé. Puis le soir avant le dîner, il retournait s'entraîner, cette fois pour une séance de cardio. Il avait toujours été baraqué, mais il l'était encore plus maintenant, avec des muscles plus découpés que jamais.

Du coup, il était de plus en plus sexy, alors que je l'étais de moins en moins.

Je commençais à déprimer, comme si je ne le méritais pas. Quand les gens nous voyaient ensemble, ils se demandaient sans doute comment j'avais mis le grappin sur un homme comme lui. Ils croyaient peut-être que j'avais percé ses capotes pour tomber enceinte et l'obliger à rester dans les parages.

Il sortit de la douche, une serviette autour de la taille. Il s'était séché le corps, et ses cheveux étaient humides et en bataille. Les muscles saillants de ses bras et de son cou ondulaient sous sa peau.

– Y a un truc qui te tracasse ? demanda-t-il.

Il ouvrit son tiroir et en sortit un caleçon avant de laisser tomber sa serviette.

Son cul était tellement dur.

J'étais assise dans le lit, un livre sur les genoux. Ou devrais-je dire sur le ventre.

– Non. Pourquoi ?

Il enfila le caleçon avant de lancer la serviette dans le panier à linge.

– T'es différente.

– Eh ben... je suis enceinte.

Il marcha vers le lit, son regard autoritaire rivé sur moi.

C'est tout ce qu'il avait à faire pour me mettre à cran, pour que je sache qu'il ne plaisantait pas. S'il regardait nos enfants comme ça, nous n'aurions jamais besoin de les gronder.

– Laura, je sais que quelque chose te dérange.

Il tira le drap et se glissa dans le lit à côté de moi.

– C'est rien.

Son regard courroucé réapparut.

– Je me sens juste un peu mal dans ma peau, d'accord ?

– Pourquoi ?

– Pourquoi ? m'étonnai-je avant de poser mon bouquin et de faire tenir un verre d'eau en équilibre sur mon ventre. Voilà pourquoi.

Son regard resta froid et stoïque, comme s'il ignorait où je voulais en venir.

Je mis le verre de côté avant de le renverser.

– J'engraisse à vue d'œil, et tu es plus beau de jour en jour... ce que je ne croyais même pas possible.

– Je n'ai rien de mieux à faire, Laura.

Je posai la main sur mon énorme bide, comme si je pouvais le cacher sous mon bras.

– Je suis grosse. Je suis laide. Je ne suis plus la femme sexy que tu retrouvais en douce à l'hôtel...

– Ma chérie.

Je l'ignorai.

– Regarde-moi.

– Non...

– Je te baise tous les soirs comme si on était dans cette chambre d'hôtel.

– Je ne sais pas comment tu fais.

– Te voir porter mon enfant m'excite.

J'hésitai avant de le regarder.

– C'est purement biologique et instinctif, mais ça m'allume. Et quand notre bébé naîtra et que ton corps changera encore, que tu aies des cicatrices ou des vergetures, ça va m'allumer aussi. À cause du sacrifice que tu as fait.

Cet homme était vraiment inouï.

– Maintenant, à quatre pattes, dit-il en envoyant valser le drap. Le cul en l'air.

———

Je remarquai que Bartholomé avait passé l'après-midi à l'extérieur, à braver le froid comme s'il ne le sentait même pas. Quand je regardai par la fenêtre, je le vis sur la propriété, plus loin dans la vallée.

J'ignorais ce qu'il faisait.

Notre terrain était si vaste que nous ne voyions pas les maisons voisines.

Il finit par rentrer en fin d'après-midi, avant la tombée du jour. Il ôta sa veste et l'accrocha sur le portemanteau dans l'entrée avant de me rejoindre. Le dîner mijotait sur la cuisinière, et il y jeta un coup d'œil avant de se laver les mains. Puis il s'approcha de moi, me lançant un regard qu'il ne réservait qu'à moi avant de m'embrasser en me serrant contre lui, ses mains me pelotant les fesses.

Je fondis sur place.

– Alors... qu'est-ce que tu faisais là-bas ?

– J'ai une idée.

– Tu veux construire une gloriette ?

– Non. Un type que je connais s'est lancé dans la production de vin pour blanchir son argent, mais il a pris sa retraite et il s'y est mis à plein temps. Je me disais que je pourrais faire la même chose.

– On ferait du vin ? m'étonnai-je.

– Non. De l'huile d'olive. On aurait une oliveraie sur la propriété. Et j'aurais de quoi m'occuper. Un truc légal.

Un jour, nos enfants vont nous demander pourquoi on a autant de blé alors qu'on ne bosse pas. Je préfère qu'ils me voient comme un bûcheur et pas comme un fainéant chelou.

– Ils ne penseraient jamais ça.

– Et ça me donnera quelque chose à faire avec eux. Une façon de créer des liens.

– C'est sympa.

J'étais contente qu'il ait trouvé une activité pour meubler son temps, parce qu'il était libre comme l'air ces derniers mois. Je m'attendais à ce qu'il finisse par craquer, à céder à l'ennui, voire à m'en tenir rancune. Mais non.

– Le dîner est prêt, je vais mettre la table.

Comme s'il ne m'avait pas entendue, il changea de sujet.

– Je me disais qu'on pourrait aller à Florence demain.

– Pourquoi ?

– J'ai des courses à faire.

– D'accord.

Nous roulâmes jusqu'à la ville, un trajet d'une trentaine de minutes, puis nous laissâmes sa voiture à son appartement. Son personnel était toujours là ; ils devaient se tourner les pouces pendant son absence. Nous avions pensé les faire venir à notre villa toscane, mais nous aimions trop passer du temps seul à seul.

Nous entrâmes dans sa chambre à l'étage supérieur, et c'est à ce moment-là que je vis la robe blanche sur le lit.

Je me figeai, mettant un moment à comprendre ce que je voyais exactement.

Bartholomé resta dans l'embrasure.

– Descends quand tu seras prête.

– Ouh là, attends, fis-je en me retournant. Qu'est-ce qui se passe ?

Il s'appuya contre le chambranle en croisant les bras.

– Je veux qu'on soit mariés avant l'arrivée du bébé.

– D'accord... mais tu ne m'as pas demandée en mariage.

Il me fixa un moment.

– Pourquoi je te le demanderais si je connais déjà ta réponse ?

– Parce que c'est la tradition. C'est romantique.

– Tu sais que je ne suis pas le genre d'homme à mettre un genou à terre et avouer mon amour éternel.

– J'ai une bague, au moins ?

Il sourit légèrement.

– Oui. Je te la montrerai tantôt.

―――――

Vêtue d'une robe éblouissante qui, miraculeusement, m'allait comme un gant, j'arrivai à l'église avec Bartholomé. Des bougies blanches étaient allumées partout et un prêtre nous attendait au bout de l'allée.

Bartholomé portait un jean et un t-shirt, mais je ne l'imaginais pas en costume de toute façon. Il détonnerait. Il prit ma main et m'entraîna avec lui, et c'est là que je vis un visage familier.

– Catherine ?

Elle s'approcha et me prit dans ses bras.

Nous nous serrâmes longuement.

Bartholomé s'écarta pour nous laisser notre intimité.

Après la mort de notre père, nous ne nous étions parlé qu'une fois, au téléphone. Je croyais qu'elle ne m'adresserait plus jamais la parole, pas après ma trahison. Mais elle était là, à me serrer si fort que je crus qu'elle ne me lâcherait jamais.

Elle se recula et me regarda.

– Tu es ravissante.

– Merci, Catherine.

– Je... je l'ai quitté.

Je fouillai son regard, voyant la douleur poindre.

– Je sais que ça fait mal, mais tu as fait le bon choix. Tu vis où en ce moment ?

– Bartholomé m'a accueillie dans son appartement. J'habite là depuis déjà deux semaines. Il a dit que je pouvais rester aussi longtemps que je veux.

Je me tournai vers Bartholomé et je croisai son regard.

Il ne réagit pas.

Je me tournai vers ma sœur de nouveau.

– Merci d'être venue.

– Je n'aurais manqué ça pour rien au monde. Je suis si heureuse pour vous.

Elle m'étreignit une fois de plus.

Je retournai vers Bartholomé, le voyant sous un jour nouveau.

– Merci.

Il se contenta de hocher la tête en réponse.

Je remarquai que Benton était là aussi, debout derrière Bartholomé comme s'ils venaient de terminer une conversation.

Main dans la main, mon futur mari et moi regardâmes le prêtre et la cérémonie commença.

Bartholomé fouilla dans sa poche et en sortit l'écrin. Il l'ouvrit et me montra la bague avant de prendre ma main et de me la glisser au doigt. Je n'eus pas vraiment le temps de la regarder avant qu'elle soit à mon annulaire.

Elle était sertie d'un énorme caillou pour qu'il puisse marquer son territoire et s'assurer que tout le monde sache que j'étais prise. Des diamants plus petits faisaient le tour de l'anneau. C'était un étalage ostentatoire de sa fortune, mais il voulait que je sache que j'étais sa possession la plus précieuse.

Il promit de m'aimer pour toujours et conclut ses vœux :

– Oui, je le veux.

Je supposais qu'il ne voudrait pas porter de bague. Ce n'était pas dans sa nature de porter des bijoux, pas même une montre, et j'avais du mal à croire que l'idée d'être pris aux yeux du monde le brancherait. Mais il fit apparaître un deuxième écrin, dont il sortit un petit anneau noir qu'il glissa à son propre doigt. Il était fait d'un matériel lisse et mat, simple et élégant — tout comme lui.

Je souris et promis de l'aimer pour toujours.

– Oui, je le veux.

Un sourire subtil se dessina sur ses lèvres lorsqu'il me regarda, mes mains dans les siennes. Puis il m'attira dans ses bras, m'embrassa et, ignorant complètement le prêtre et ma sœur, me pelota les fesses — comme il le faisait toujours.

ÉPILOGUE
BARTHOLOMÉ

Je garai la voiture et remontai l'allée de graviers jusqu'à la cave.

C'était un mardi d'été tranquille, les touristes dégustaient du vin en terrasse. Au lieu d'entrer dans le bureau, je me dirigeai vers la réserve et la salle d'embouteillage.

Je n'avais pas envie d'avoir affaire à l'odieux gendre.

En entrant dans l'entrepôt, je trouvai Cane sur le chariot élévateur, en train d'essayer de placer un tonneau sur l'un des rayonnages supérieurs.

– Doucement, doucement, conseilla Crow du fond de l'entrepôt. On dirait que tu l'as jamais fait.

– La ferme, rétorqua Cane. Le chariot élévateur a un bug.

– Les chariots n'ont pas de bug, abruti. C'est pas un ordinateur.

– Ferme ta gueule, trouduc.

Il leva le bras du chariot plus haut et fit glisser le tonneau sur l'étagère, mais il rata son coup. Le chariot roula sur le bord, tomba et se brisa au sol. Du vin se répandit partout.

Crow était tellement furieux qu'il ne dit rien.

Cane soupira et se passa les mains sur le visage.

– Putain de bordel de merde.

– Je t'ai dit de me laisser faire...

– C'est ce foutu chariot élévateur !

– Arrête de mettre ton incompétence sur le dos des autres !

– Qu'est-ce qui se passe ici ? s'enquit en entrant une jolie brune en jean et chemisier. Je vous entends vous disputer depuis la terrasse.

Elle jeta un coup d'œil vers moi quand elle m'aperçut, puis elle regarda les gars.

C'est alors que Crow remarqua ma présence. Il fronça les sourcils comme s'il n'était pas du tout ravi de me voir. Son humeur changea immédiatement et il aboya un ordre à la brune qui devait être sa femme.

– Bouton, retourne sur la terrasse.

Elle obtempéra sans protester, en me jetant un nouveau regard avant de partir.

Cane sauta du chariot élévateur pour rejoindre son frère, qui me fonça dessus comme un pitbull défendant son territoire.

– Qu'est-ce que tu veux, putain ?

Je levai les mains en signe de paix.

– Je pensais qu'on serait en meilleurs termes après notre dernière opération.

– Je n'aime pas que les gens débarquent à l'improviste.

– Alors, tous tes clients prennent rendez-vous ?

Crow me fixa durement.

– Je ne suis pas d'humeur à supporter tes sarcasmes à la con.

Des pas pesants retentirent derrière moi. Je sus immédiatement de qui il s'agissait.

– Tout va bien ? demanda-t-il.

Crow ne me quitta pas des yeux.

– Je ne sais pas encore.

Je baissai les mains.

– Cette fille que tu as aidée il y a un an, c'est ma femme maintenant. On a un fils âgé de quelques mois. On vit à quelques kilomètres, ce qui fait de nous des voisins, j'imagine.

Il ignora mon laïus.

– Qu'est-ce que tu veux ?

– J'ai échangé l'adrénaline contre la vie de famille. Ça n'a pas été facile. Certains jours, je trépigne tellement que je pourrais exploser... mais je ne lui dis jamais. Alors j'ai décidé de canaliser mon énergie dans une activité productive. Je veux monter un business d'huile d'olive.

Il fronça les sourcils.

– J'ai planté des jeunes oliviers au printemps et je sais qu'il faudra du temps pour qu'ils arrivent à maturité, mais j'espérais que tu pourrais m'aider à démarrer mon affaire. Je pourrais peut-être apprendre quelques trucs dans ton vignoble, comme l'expédition, la production, la distribution.

– Et pourquoi je t'aiderais ? demanda Crow.

Je haussai les épaules.

– Pour avoir un allié à côté de chez toi. Si jamais il y a un problème, t'auras quelqu'un pour assurer tes arrières. Je suis sûr que t'as une vie pépère, mais c'est toujours rassurant. Et si c'est pas une raison suffisante, je suis un type rangé des voitures qui veut subvenir aux besoins de sa famille de manière respectable. Je veux montrer à mes enfants comment vivre de la terre. Je veux qu'ils aient de moi une vision différente de l'homme que tout le monde a connu. Tu peux le comprendre mieux que personne.

Crow était un homme dénué de toute émotion, et il n'y avait qu'un seul moyen de percer sa carapace.

La famille.

C'était la seule chose qui ramollissait son cœur de pierre.

– Très bien, dit-il. Je vais t'apprendre.

———

Lorsque je rentrai à la maison, je trouvai Laura et Dimitri endormis sur le canapé. Il était à plat ventre sur sa poitrine et ils semblaient respirer en synchro. Ses bras formaient un cocon pour le bébé. Le soleil qui entrait dans la pièce les réchauffait tous les deux.

Je m'approchai par-derrière et je les contemplai. La maison était silencieuse, fait rare, ainsi que le monde alentour. On voyait au loin les oliviers grimper sur la colline et disparaître de l'autre côté.

Je m'installai dans le fauteuil pour regarder dormir les deux êtres qui comptaient le plus pour moi.

J'ignore combien de temps cela dura, combien de temps je restai assis à les regarder, mais il dut se passer une bonne heure avant que Dimitri ronchonne et se mette à pleurer.

Pour ne pas qu'il réveille sa mère, je le pris dans mes bras et je l'emmenai dehors, son endroit préféré. Je le promenai au soleil, le faisant sauter dans mes bras. Ses pleurs se transformèrent bientôt en gazouillis.

Il me sourit.

Je lui rendis son sourire.

Laura nous rejoignit dehors peu de temps après.

– Comment ça s'est passé ?

– Bien. Crow va m'apprendre les ficelles du métier.

– C'est sympa.

– Et un jour, je pourrai te les apprendre, fiston.

Je regardai Dimitri, qui souriait chaque fois que je lui accordais de l'attention.

Laura se couvrit la bouche pour cacher un bâillement.

– Ça te dérange si je fais une sieste ? Il est resté éveillé toute la nuit.

– Pas de problème.

– Merci.

Elle orienta mon visage vers le sien et m'embrassa.

– Je t'aime.

Elle me tapota la poitrine et rentra dans la maison.

Je la suivis du regard.

– Moi aussi, je t'aime.

―――――

Au bar avec Benton, je déverrouillai l'écran et lui montrai les dernières photos.

Il sourit.

– Il te ressemble.

– Je sais.

Je m'en étais rendu compte dès la naissance. Des cheveux noirs, des yeux sombres. Et c'était un bébé longiligne, ce qui me faisait penser qu'il serait grand.

Benton fit défiler d'autres photos avant de me rendre le téléphone.

– C'est un beau garçon.

– Merci, dis-je avec fierté.

Comment va Laura ?

– Elle est heureuse. Elle parle déjà du deuxième.

– Tu en veux un autre ?

J'acquiesçai de la tête.

– Ça ne me dérangerait pas.

– Alors, tu détestes toujours les enfants ? railla-t-il en souriant.

Je bus une gorgée, ignorant son commentaire.

– C'est bien ce que je pensais.

– C'était difficile au début. Vivre ailleurs. Arrêter de travailler. N'avoir rien à faire. Mais c'est devenu plus facile.

– Et Dimitri te donne une autre raison de vivre.

– Oui... c'est vrai.

– Tu restes combien de temps à Paris ?

– Quelques jours. J'ai des affaires à régler. Je les aurais bien emmenés avec moi, mais Dimitri est trop jeune pour voyager.

– Je comprends. Je suis content pour toi, dit-il en me tapant sur l'épaule. Je ne t'avais jamais imaginé dans le rôle de mari et de père, mais je dois avouer que ça te va bien.

―――――

Je m'assis seul à une table, une tasse de café devant moi, et un gâteau que je ne mangerais pas. Mes yeux se portèrent sur eux dès qu'ils franchirent la porte. Ils étaient quatre, une mère et un père avec deux enfants adultes.

Ils s'installèrent à une table, où les rejoignit l'épouse du fils. Ils commandèrent des cafés et des pâtisseries, et bientôt les rires fusèrent.

Je les observais de ma place.

Une vie qui aurait pu être la mienne.

Je ressemblais à mon père, mais j'avais les yeux de ma mère. Ils étaient grands tous les deux, ce qui expliquait ma taille de géant. Puis la serveuse apporta un petit gâteau avec une bougie unique au milieu.

Ils chantèrent *Joyeux anniversaire*.

Le gâteau se retrouva devant mon père.

Ils chantèrent de plus belle, puis il souffla la bougie. Il fêtait ses cinquante-cinq ans.

Il ouvrit ses cadeaux, et la soirée toucha rapidement à sa fin. Ils se levèrent de table et s'attroupèrent sur le trottoir pour se dire au revoir. Son fils et sa belle-fille partirent. Puis sa fille s'éloigna dans la rue.

Il n'y avait plus qu'eux deux.

Je payai et je sortis. Ils devaient attendre un taxi, car leur appartement n'était pas dans ce quartier. Ma mère leva la main pour héler un taxi, mais il passa sans la voir.

Je m'avançai au bord du trottoir et levai la main. Un taxi s'arrêta immédiatement. J'ouvris la portière arrière.

– Prenez-le.

– Oh, c'est très gentil, dit ma mère. Mais on ne peut pas.

– Je vous en prie, dis-je en m'écartant du chemin. Joyeux anniversaire.

Mon père sourit en m'entendant lui souhaiter.

– Eh bien, merci.

Je le fixai dans l'espoir qu'il me reconnaisse, qu'il reconnaisse son propre fils. En vain.

– De rien, papa.

Il s'apprêtait à monter dans le taxi lorsque mes mots le cueillirent à froid. Il braqua la tête vers moi, me regardant avec un mélange de peur et d'effroi, comme si le passé qu'il avait fui toute sa vie avait fini par le rattraper. Sa respiration s'accéléra et il me scruta d'un air affolé.

Ma mère était figée.

Mon père finit par parler.

– Ryan...?

– Oui.

Abasourdi, il se contenta de me fixer, sans trouver les mots.

– Je... je suis désolé. Je ne sais pas quoi dire...

– Je vous ai observés pendant toute ma vie d'adulte. Je vous ai vus jouer avec vos enfants. J'ai vu défiler mes anniversaires sans aucun signe de votre part. J'ai vu par ma fenêtre la vie que j'aurais pu avoir.

– On a essayé de te retrouver...

– Non, c'est faux. Et c'est pas grave. Je ne veux pas être dans un endroit où on ne me désire pas.

Ma mère lui prit le bras pour le stabiliser.

– Je ne vais plus vous observer. Je ne suis pas triste de la vie que j'ai perdue. Je suis marié aujourd'hui. J'ai un fils. J'ai ma propre famille. Je voulais juste que vous sachiez que j'existe, que ce que vous avez fait est inqualifiable et que vous êtes passés à côté d'une belle relation avec moi. Maintenant que je suis père, j'ignore comment tu peux justifier ce que tu m'as fait, dis-je en m'adressant à mon géniteur. Mais ça n'a plus d'importance.

– Je... je veux que tu saches que je suis désolé, bégaya-t-il, désarçonné par ma froideur. On est tous les deux désolés.

Je les saluai d'un petit signe de tête.

– Ouais... je suis désolé aussi.

Dès que je franchis la porte, j'entendis ses petits pas.

– Papa !

Il arriva du couloir en courant aussi vite que le permettaient ses petites jambes et il se jeta dans mes tibias.

Je souris et le soulevai dans mes bras.

– Tu t'es bien occupé de maman pendant mon absence ?

– Oui.

– Ça ne m'étonne pas.

Je lui fis un bisou en me dirigeant vers la cuisine.

Laura, le ventre arrondi par notre deuxième bébé, avait fini de dîner.

– Salut, chéri, dit-elle en m'embrassant. Comment c'était Paris ?

Je l'enlaçai et l'embrassai sur le front.

– Bien.

– C'est tout ? s'esclaffa-t-elle. Juste bien ?

– J'ai vu Benton. Il est en forme.

– Oh, tant mieux.

– Et j'ai réglé mes affaires. C'est tout.

– Eh bien, je suis heureuse que tu sois rentré.

Elle m'embrassa encore, puis se remit à ranger la cuisine.

– Oui... moi aussi.

Penelope Sky a une toute nouvelle série de romance fantasy signée de son nom de plume, Penelope Barsetti. La parution est prévue pour cet automne, mais vous pouvez non seulement l'obtenir DES MOIS avant tout le monde, vous pouvez AUSSI mettre le grappin sur les trois tomes en même temps au lieu d'attendre des semaines entre les parutions.

Ouaip, vous avez bien lu.

Il n'y aura pas que des livres électroniques cette fois, mais aussi des exemplaires brochés autographiés, des livres reliés en édition limitée, une entrevue en podcast avec Penelope Sky, une séance de dédicaces virtuelle, et plus encore !

À propos de la série :

D'ennemis à alliés… à amants… à rivaux… 100 % torride.

Une horrible épidémie sévit dans le monde.

Des millions de gens tombent malades. Plus encore meurent.

Sauf moi. Je suis immunisée.

La seule personne assez forte pour triompher de ce fléau et sauver mon peuple.

Il n'y a qu'un problème…

Kingsnake, le roi des vampires, est déterminé à me trouver. Sans mon peuple de qui se nourrir, il mourra. Mon sang est la seule chose qui le gardera en vie.

Il n'arrêtera pas avant de m'avoir trouvée.

Capturée.

Et possédée.

Cliquez sur ce lien pour commander votre série maintenant : **https://www.kickstarter.com/ projects/penelopesky/dirty-blood-trilogy**

———

Et voici un aperçu du premier tome :

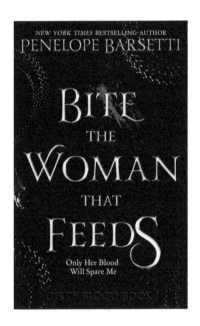

Larisa

À mon réveil, je dévorai le repas qu'on avait glissé sous la porte. Une heure plus tard, un autre plateau arriva pour le petit déjeuner et je l'engloutis aussi. Comme un animal qui n'a pour seule raison de vivre que de manger, j'attendais la livraison suivante et dormais entre les repas. Il y avait des livres dans la petite bibliothèque, tous écrits par des humains, ce qui me fit réaliser qu'une série de femmes avaient occupé cette pièce longtemps avant moi — et elles étaient toutes mortes depuis.

Des jours passèrent, et Kingsnake ne vint pas me voir.

Il s'était donné tellement de mal pour me capturer et maintenant, c'était à croire que je n'existais pas.

Je savais que ce comportement ne durerait pas. Il ne m'avait pas enlevée sans raison — et il voulait profiter de sa captive.

Qu'allais-je faire lorsqu'il viendrait enfin ?

On m'avait confisqué mon épée et ma dague. Je ne disposais que des objets dans la chambre. Je pourrais casser une des colonnes de lit et l'attaquer avec.

Prendre le fauteuil et lui lancer dessus. Lui asséner un coup de bouquin sur la tête. Mais rien de tout ça ne le tuerait — et je ne ferais qu'attiser son courroux.

Mes pensées furent interrompues par le cliquetis du verrou.

Mince.

La porte s'ouvrit et il apparut — mais il n'était pas comme d'habitude.

Son armure noire gravée de serpents ne couvrait pas son corps. Il ne portait pas sa tunique. Ni sa cape. En fait, il ne portait pas de haut du tout...

Il n'avait qu'un pantalon de coton, le genre de vêtement que l'on porte dans l'intimité de ses quartiers. J'en déduisis donc que c'était le soir, ou plutôt le soir pour lui, c'est-à-dire le matin.

Il était grand et mince, avec une musculature définie et une peau blême recouverte de vieilles cicatrices. Il en avait sur les bras, sur le torse, quelques-unes sur la poitrine. Son corps était découpé, et ses muscles puissants ondulaient sous sa peau lorsqu'il bougeait. Il me regardait de ses yeux en fente, sombres comme l'écorce après la pluie. Son regard était d'une intensité troublante, car il n'avait pas besoin de cligner des yeux — tout comme son serpent.

Je reculai, augmentant la distance entre nous autant que me le permettait la pièce. Je n'avais à portée de la main que le livre que je lisais avant son arrivée. Je le tins contre moi, prête à lui écraser sur la tête lorsqu'il s'approcherait.

Ses yeux ne quittaient pas les miens.

– Tu dois être aussi épuisée que moi, dit-il.

– Jamais trop épuisée pour me battre.

Il me fixa encore un moment avant de fermer la porte derrière lui.

Le loquet émit un clic, comme si quelqu'un l'avait verrouillé de l'autre côté.

Un silence tendu s'abattit sur la pièce. Je le fixai. Il soutint mon regard.

Un jet de feu jaillit de ses yeux et embrasa les meubles. Il engloutit la pièce entière.

Je serrai le livre de plus belle.

– Moi non plus...

Ses yeux se plissèrent un peu plus, semblant fouiller les miens.

– Assieds-toi.

– Non.

Il s'approcha de moi, marchant avec la prestance d'un roi malgré sa demi-nudité.

J'agrippai le livre en me préparant à lui frapper la tempe.

Mais il passa à côté de moi, me tournant le dos, et il s'assit à la table à manger.

Je le regardai bouger, mes doigts se desserrant sur le livre.

Il se relaxa dans la chaise de bois, posant la cheville sur le genou. Il croisa les bras sur sa large poitrine avant d'indiquer du menton la chaise en face de lui.

– *Assieds-toi.*

Sa voix s'assombrit, sa mâchoire se crispa. On aurait dit un parent à bout de patience devant un enfant turbulent.

– Pourquoi ?

– Parce que.

– Tu sais, si tu me traitais avec respect...

– Ici, le respect se gagne — il n'est pas dû.

– Eh bien, tu n'as pas gagné mon respect non plus.

Les flammes montèrent, incendiant le château où il avait élu domicile. Il était prêt à le détruire pourvu que je brûle aussi.

– J'ai une proposition à te faire... si tu veux bien m'écouter.

– Conclure un marché avec un vampire ? Non merci...

Il fronça les sourcils.

– Avec Kingsnake, le roi des vampires et seigneur des ténèbres.

Je levai les yeux au ciel.

Il bougea si rapidement que je ne vis rien. Sa main s'empara de moi et m'assit sur la chaise si fort que je sus que j'aurais des bleus sur les fesses. Puis il regagna son siège avec une grâce indolente, comme si de rien n'était. Il me regarda, les bras croisés, les flammes brûlant toujours autour de lui.

– Je n'ai pas l'intention de te mordre ce soir.

– Oh, merci... ironisai-je.

Il fronça les sourcils.

– Tu es impuissante ici, et tu te comportes comme si tu étais invincible.

– Je suis invincible. Je suis la seule humaine immunisée contre la maladie qui a causé la mort de tous ces gens et empoisonné le sang de bien d'autres. Mords un humain infecté, et tu meurs. Je suis actuellement la personne la plus puissante dans ce bas monde.

Je n'étais pas idiote — et je voulais le clamer haut et fort.

Il resta silencieux. Lentement, les flammes autour de lui diminuèrent.

– Si tu me trouves chiante, tu n'as encore rien vu.

Il m'étudiait de l'autre côté de la table, le regard tout aussi intense, mais ses flammes s'apaisant.

– Je peux t'offrir la chose que tu veux plus que tout au monde.

– Ma liberté ?

– Mieux encore.

Je ne désirais rien de plus qu'être libérée des griffes de ce monstre.

– Quoi donc ?

– Un remède.

Mon expression ne changea pas, mais je sentis mes muscles se raidir et, malgré moi, mes poumons s'emplirent d'air.

– J'ai ton attention ?

Ses yeux maléfiques luisaient maintenant d'arrogance.

Têtue comme une mule, je ne dis rien.

– On a des intérêts communs. L'épidémie a ravagé la source d'alimentation de mes semblables et décimé ta population. On peut trouver un remède ensemble, si tu coopères.

– Si je coopère ? m'étonnai-je.

– Oui.

– Et qu'entends-tu par *coopérer* ?

Il pencha la tête d'un côté, sans me quitter du regard.

– Je dois goûter à ton sang.

Mon estomac se serra.

– C'est la seule façon.

– C'est ça... renâclai-je.

– Je peux identifier tous les humains dont je me suis déjà nourri rien qu'au goût de leur sang. Comme on peut identifier les gens par leur voix... par leur odeur. Je peux goûter les propriétés de ton sang, et peut-être déterminer ce qui te distingue de tous les autres.

Je sentais venir un piège.

– Et si ça marche, qu'est-ce qu'on fait ?

– On invente un remède — et on l'administre à tes semblables.

– C'est tout ?

– Comme je l'ai déjà dit, l'éradication de cette maladie est essentielle à notre survie. Elle fait des ravages sur notre population autant que sur la tienne.

– C'est faux... vous avez d'autres options.

– Le sang animal est un piètre substitut. Oui, il nous sustente, mais il nous rend faibles aussi.

Je l'étudiais, irritée par son calme flegmatique, et sa voix profonde qui donnait le ton à la conversation.

– Tu es la sauveuse dont ton peuple a besoin.

Je détournai le regard.

– Tu peux tous les sauver — et tu n'es pas prête à faire ce sacrifice ?

– Je ne suis pas stupide. Je vois clair dans ton jeu.

– C'est-à-dire ?

Je le regardai de nouveau.

– Tu essaies de me manipuler.

– Même si c'était vrai, quelle importance ?

– C'est vrai.

Il ne le réfuta pas.

– On a l'occasion de créer un remède, mais tu la laisses passer parce que tu as peur ?

– Je n'ai pas peur. Je ne veux juste pas une sangsue sur le cou. Je ne veux pas donner de la force à mon pire ennemi. Je préfère te voir dépérir lentement et péniblement...

Les coins de sa bouche se retroussèrent — et il sourit à pleines dents.

– Tu comprends ce que je viens de dire ? demandai-je perplexe.

– Il y a pire que mon espèce dans ce monde...

– C'est-à-dire ?

– Tu verras — un jour.

L'appréhension emplit mon cœur, un malaise qui s'imprégna jusque dans mes os. Je voulais lui tirer les vers du nez, mais je savais qu'il ne me dirait rien, d'autant plus que je refusais d'obtempérer à toutes ses demandes.

– Quand j'ai dit que ton espèce aimait la saignée, j'étais sérieux. Toutes mes proies ont pris plaisir à se faire mordre. Elles sentent seulement la douleur au début, quand les crocs percent la peau. Puis un plaisir indescriptible les submerge, un plaisir qui les fait supplier de continuer, de les boire jusqu'à la dernière goutte.

– Je ne te crois pas.

Il me regardait fixement, immobile, sans même ciller.

– Je n'ai jamais eu besoin de forcer une femme à être ma proie.

– Alors pourquoi tu ne trouves pas quelqu'un d'autre ?

– Les humains viennent habituellement à nos portes pour s'offrir comme proie. On n'a jamais eu besoin d'aller jusque dans les autres royaumes pour capturer des gens. Mais l'épidémie a tout changé.

– Pourquoi ils font ça ? Quel humain voudrait subir un sort pareil ?

Il haussa subtilement les épaules.

– Pour plusieurs raisons.

– Comme quoi ?

– D'abord, le désir.

– Le désir ? D'être mordu ?

– Le désir d'être avec un vampire d'une autre façon…

Assise devant Kingsnake, je ne pouvais nier le fait qu'il était un régal pour les yeux, surtout torse nu. Le vampire avec qui je le voyais habituellement lui ressemblait, mais en plus musclé. Beaucoup de vampires étaient beaux, mais Kingsnake était exceptionnel.

– C'est pour ça que tu es à moitié nu en ce moment ? Ça ne va pas marcher sur moi, en passant.

Son sourire espiègle revint.

– Je suis plus à l'aise comme ça, c'est tout.

– Quelles sont les autres raisons ?

– L'obsession. Certains humains vouent un culte à notre espèce. Ils croient qu'on est des dieux. Nous servir est un grand honneur.

J'avais déjà entendu parler de ces olibrius. Je les avais toujours crus complètement fous.

– La dernière raison, la plus importante, est la chance de devenir vampire soi-même.

Plutôt mourir.

– Aucune de ces raisons ne m'attire, pas même un peu.

– La perspective de la vie éternelle ne t'attire pas du tout ?

– Non — parce que ce n'est pas une vie. Le cœur ne bat pas. Les poumons n'inspirent pas d'air. On n'a pas d'âme. Quand vient notre heure, on devient... rien, tout simplement.

Il resta stoïque, mes mots le laissant de marbre.

– Ça ne te dérange pas ?

– Pourquoi ça me dérangerait ? Mon heure ne viendra jamais.

– Tu es arrogant à ce point ?

– Je suis sûr de moi. Voilà le terme que j'utiliserais.

J'observai la créature devant moi, un monstre avec un beau visage et un beau corps, mais un néant dans la poitrine.

– Si je coopérais et qu'on trouvait un remède pour mon peuple... tu me libérerais ?

Le silence sembla durer une éternité.

J'attendis, en me demandant ce qui se passait dans sa tête. Ses traits étaient sévères, rendant son visage impénétrable.

– Toutes mes proies remplissent leur devoir. Mais leur goût est de plus en plus fade, et je finis par m'en lasser. Quand je me serai lassé de toi, je te libérerai. Ce que tu choisiras de faire à ce moment-là t'appartient.

– Tu ne tues pas tes proies quand tu en as fini avec elles ?

– Non. Elles deviennent habituellement la proie d'un autre. Ou bien elles partent, dit-il, guettant ma réaction, me voyant digérer l'information. Contrairement à ce que tu as entendu, on n'est pas des monstres. On ne tue pas les humains, sauf par accident. Un peu comme les pêcheurs. Après avoir attrapé une prise, on la remet à l'eau.

La comparaison était tirée par les cheveux, mais je gardai la remarque pour moi.

– Tu me donnes ta parole ? Tu vas me relâcher ?

Il soutint mon regard un long moment avant d'opiner.

– Oui.

Je ne le connaissais pas assez bien pour lui faire confiance, mais les rois honorables tenaient leur parole — et il me semblait honorable.

– Je ne peux pas te forcer à le faire, dit-il.

Je croisai les bras sur ma poitrine.

– Parce que si je le fais, je risque de te tuer.

En m'imaginant me soumettre à sa morsure, le dégoût s'empara de moi. Mais s'il y avait vraiment une possibilité que cela mène au salut de mon peuple... ce serait égoïste de refuser.

– J'ai besoin que tu te soumettes complètement à moi.

C'était une demande impossible.

– Peux-tu le faire ?

Je me frottai automatiquement les bras, luttant contre le froid qui venait de s'abattre sur la pièce. Toute ma vie, on m'avait mise en garde contre ces viles créatures, et l'idée de me laisser mordre par l'une d'elle... était indicible.

– Tu peux me faire confiance, Larisa.

– Dans quel sens ?

– Aie confiance que je ne te tuerai pas.

Il n'avait pas bougé depuis qu'il s'était assis, pas même cligné des yeux. Ses qualités de serpent étaient de plus en plus évidentes alors que j'étais en sa présence.

– Aie confiance que tu y prendras plaisir.

J'étais horrifiée à l'idée.

– Me laisseras-tu te mordre, Larisa ?

Mon pouls s'était accéléré, et j'étais un peu nauséeuse. J'avais les paumes moites, même si cet endroit était toujours froid. La chaleur m'envahissait soudain, à croire que les rayons du soleil pouvaient transpercer le mur de pierre.

– Oui... je vais te laisser faire.

Cliquez sur ce lien pour commander votre série maintenant: **https://www.kickstarter.com/projects/penelopesky/dirty-blood-trilogy**

Printed in France by Amazon
Brétigny-sur-Orge, FR

17455775R00246